8

청소년을 위한

에이트

인공지능에게 대체되지 않는 나를 만드는 법

이지성 지음

차이정원

차례

Part 2 10년 뒤, 인간의 자리가 있을까
–인공지능에게 지시를 내리는 사람 vs 인공지능의 지시를 받는 사람

Part 3 인공지능에게 대체되지 않는 나를 만드는 법 8
-'에이트' 하라

일러두기

· 통상적으로 사용하는 구어체 표기와 맞춤법 일부를 그대로 따랐습니다.

· 문장 부호는 다음의 기준에 맞춰 사용했습니다.

《 》 단행본

〈 〉 영화 · TV프로그램 · 신문 · 잡지 · 정기간행물

" " 칼럼 · 논문 · 영상 또는 이 사항들의 하위항목

Prologue

스티브 잡스는 왜 죽기 직전까지 인공지능을 붙잡고 있었나

그날이 언제였는지는 정확히 기억나지 않는다. 어느 날 밖에 나가보니 세상이 바뀐 것 같았다. 많은 사람들이 손에 뭔가 세련된 것을 들고 있었는데, 그걸 들여다보느라 정신이 없었다. 나는 그렇게 아이폰을 만났다. 그리고 스티브 잡스가 궁금해졌다.

물론 스티브 잡스에 대해서는 전부터 잘 알고 있었다. 나는 일찍이 "소크라테스와 점심 식사를 할 수 있다면 애플이 가진 모든 기술을 내놓겠다"고 한 그의 말을 가슴에 품고서 독서와 사색을 거듭했다. 그리고 스티브 잡스의 이 말이 '자신이 하고 있는 일의 본질이 무엇인지 파악하라'는 소크라테스의 철학이 담긴 경영법을 잡스식으로 표현한 것이라는 사실을 알아냈다. 또한 "소크라테스식 대화법을 어떻게 경영에 적용할 수 있는가?"라는 질문에 대한 답도 찾아냈다. 나는 이 내용들을 집필 중이던 원고에 실었고, 후일 그 원고는《리딩으로 리드하라》라는 제목의 책으로 출판되었다.

다시 아이폰 이야기로 돌아가자. 나는 스티브 잡스를 신봉하고 아이폰을 경전처럼 대하는 사람들을 보면서 스티브 잡스가 진심으로 궁금해졌다. 그의 생각, 철학, 감성 등 모든 게 말이다. 나는 서점으로 가서 스티브 잡스와 애플에 대한 책을 모두 구매했고, 세 군데 도서관에 가서 스티브 잡스와 애플에 관한 책을 모두 대출했다.

스티브 잡스가 죽기 직전까지 매달린 '그것'

2010년 11월에 《리딩으로 리드하라》가 출간되었다. 당시 우리나라에서는 '인문학'이라는 말이 학계에서나 사용되는 것이었다. 그런데 "인문학을 해야 한다!"라는 주제 하나로 무려 368쪽2016년 출간된 개정판은 432쪽을 채운 책이라니! 다들 실패할 거라고 했다. 하지만 놀랍게도 이 책은 출간되자마자 대형 베스트셀러가 되었다. 그리고 당시 언론의 표현을 빌리자면, 내 입으로 말하기 민망하지만 우리나라에 인문학의 불길을 치솟게 했다.

책이 출간되고 약 4개월 뒤인 2011년 3월, 그 불길 위로 기름이 부어졌다. 스티브 잡스가 아이패드2를 발표하는 현장에서 "애플은 인문학과 과학 기술의 교차점에서 탄생했다!"라고 한 것이다. 이 말에 당장 기업들은 "스티브 잡스의 성공 요인이 인문학이었다",

“이제 우리는 인문학을 해야 한다”고 하면서 인문학 강의를 듣기 시작했다. 그리고 대학, 정부, 지방자치단체, 사회단체 등 급기야 전국이 인문학으로 들썩이기 시작했다.

나는 얼떨결에 그 열풍의 한가운데에 있게 되었다. 어느 날 정신을 차려보니 수많은 사람들 앞에서 인문학을 강의하고 있는 나를 발견했다. 하지만 마음이 영 좋지 않았다. 나는 한때 20억 넘는 보증빚을 진 채 창고를 불법 개조한 옥탑방에서 살았던 사람 아닌가. 그때 하나님께 얼마나 많이 기도했던가. 작가로 성공만 시켜주신다면 평생 지금의 나처럼 고통스럽게 사는 사람들을 위한 삶을 살겠다면서 말이다.

나는 높아진 명성에 기분이 좋았지만 한편으로 무명작가 시절의 기도가 떠올라서 어쩔 줄 몰라 하곤 했다. 다행스럽게도 나의 방황은 그리 오래가지 않았다. 나는 그때부터 폴레폴레팬카페 회원들과 우리나라 지역 아동센터에 인문학 교육을 보급하고, 북한의 굶주리는 아동들과 탈북인들을 돕는 일을 시작했다. 또한 해외 빈민촌에 학교를 세우는 일을 시작했다.

나는 특히 해외 빈민촌 프로젝트에 깊이 빠져들었는데 동남아·인도·파키스탄·러시아·남미는 물론이고 중동과 아프리카, 시리아 난민 캠프 등에 학교를 세우는 것도 모자라서 직접 그 학교들을 방문하여 많은 시간을 보내곤 했다.

해외 빈민촌에서 말도 잘 안 통하는 사람들과 함께 있다 보면 어느 날엔 독서와 사색을 많이 하게 된다. 행려병자들과 거지들로 넘쳐나는 인도 콜카타 빈민촌에서는 칸트를 읽으면서 '철학함이란 무엇인가'에 대해 사색했다. 해발 1,800미터에 위치한, 물도 전기도 없는 아프리카 마사이족 마을에서는 루트비히 비트겐슈타인의《논리철학논고》를 읽으면서 '말할 수 없는 것'에 대해 사색했다. IS이슬람 극단주의 무장단체가 폭탄을 설치한 전력이 있는 요르단 시리아 난민 캠프 컨테이너에서 하룻밤을 보낼 때에는《신약성서》를 읽으면서 낮에 차를 타고 가서 본, 세례 요한과 예수 그리스도가 머물렀던 광야의 의미에 대해 묵상했다.

세계 3대 빈민 도시 톤도필리핀에서 봉사 활동을 했을 때의 일이다. 하루 일정을 마치고 잠시 시내로 나가 서점에 들렀는데 스티브 잡스가 인정한 유일한 공식 전기인 월터 아이작슨의《스티브 잡스Steve Jobs》 영문판이 곳곳에 진열되어 있었다. 나는 그 책을 잠깐 들춰보다가 서점을 나와 다시 톤도로 돌아갔다. 그런데 이상하게도 책 표지에 크게 박혀 있던 스티브 잡스의 얼굴이 계속 떠올랐다. 나는 잠시 당황했지만 이내 이렇게 결정했다.

"좋다! 이렇게 된 이상 내 마음속에서 스티브 잡스가 떠오르지 않을 때까지 잡스만 생각해보자!"

그렇게 나는 스티브 잡스와 이상한 대결(?)을 시작했는데, 그때 문득 뇌리를 스친 질문이 있었다.

"다들 스티브 잡스와 인문학을 이야기하는데, 그럼 잡스가 이야기한 인문학은 도대체 무엇이지? 인문학은 보통 철학·역사·문학으로 나뉘는데 철학 하나만 해도 서양 철학·동양 철학·인도 철학 등으로 나뉘고, 서양 철학만 해도 다시 고대 철학·중세 철학·근대 철학 등으로 나뉘지. 어디 그뿐인가? 서양 고대 철학만 해도 철학자가 참 많잖아. 그럼 잡스의 인문학은 도대체 어느 시대 누구의 철학 또는 역사 또는 문학이란 말인가? 혹시 예전에 말했던 소크라테스? 아니야. 그때는 자신의 경영법을 두고 말한 거였어. 애플의 과학 기술과 결합한 인문학은 물론 그 뿌리 중 하나가 소크라테스에 있겠지만 소크라테스는 아니야. 그럼 잡스의 인문학은 도대체, 도대체 무엇이지?"

며칠 뒤 귀국한 나는 이 질문에 대한 답을 찾고자 우리나라에 존재하는, 스티브 잡스와 애플과 인문학을 이야기하는 거의 모든 책들과 거의 모든 강의들을 살펴봤다. 그리고 여러 저명한 학자들과 인문학 전문가들도 만나서 질문해봤다. 하지만 어디에서도 누구에게서도 답을 듣지 못했다. 다들 그게 왜 궁금하냐는 표정이었다. 그렇게 나의 스티브 잡스 공부는 다시 시작되었다. 나는 스티브 잡스와 애플 관련 책들을 다시 독파하면서 사색하기 시작했고, 스티브 잡스 관련 국내외 기사들을 스크랩하기 시작했다. 스티브 잡스를 다뤘거나 그가 나오는 동영상들도 몇 번씩 반복해서 봤다. 〈스티브 잡스: 더 로스트 인터뷰〉 같은 경우 노트에 자막을 직접 다 베껴 쓴 뒤 열 번 넘게 읽었고, 스티브 잡스의 철학이 녹아 있다는 애플의 전설적인 광고 "Think Different"는 서른 번 넘게 봤다.

그리고 마침내 나는 스티브 잡스의 인문학은 하이데거의 《존재와 시간》에 나오는 도구 철학이고, 인문학과 과학 기술의 결합은 제록스 팰로앨토연구소의 리더였던 마크 와이저의 작업을 의미하며, 애플의 디자인 철학 '심플Simple'은 루이스 설리번→프랭크 로이드 라이트→조셉 아이클러로 이어지는 미국 건축의 디자인 철학과 독일의 예술조형학교인 바우하우스의 디자인 철학을 의미한다는 사실을 알게 되었다. 후일 나는 이를 《생각하는 인문학》2020년 이 책의 개정판인 《에이트:씽크》가 출간되었다.에 자세히 풀어 썼다.[1]

2011년 10월 5일, 스티브 잡스는 지구를 떠났다. 세계적으로 많은 사람들이 그의 죽음을 애도했고, 우리나라에서도 애도의 물결이 일었다. 나는 그를 떠나보내면서 문득 궁금해졌다.

"스티브 잡스는 죽음을 앞두고 무엇을 했을까? 아마도 암 병동 같은 곳에 천문학적인 기부를 하지 않았을까? 그리고 사랑하는 사람들과 의미 있는 시간을 보냈겠지?"

이런 내 추측과 달리 스티브 잡스는 인공지능AI, artificial intelligence을 붙들고 있었다. 2003년, 미국 국방부 산하기관인 국방고등연구계획국DARPA은 스탠퍼드 국제연구소SRI International와 학습 및 추론 능력은 물론이고 인간과 대화까지 가능한 인공지능 연구와 개발을 목적으로 하는 CALO Cognitive Assistant that Learns and Organizes 프로젝트를 추진하고 있었다.[2] 이 프로젝트는 무려 300여 명의 인공지능 전문가들이 투입되어 5년 동안 진행되었는데, 스탠퍼드 국제연구소는 2007년 이 프로젝트의 한 부분을 따로 떼서 스타트업으로 출범시켰다. 스티브 잡스는 2010년 4월에 무려 2조 2,600억 원을 지불하고서 그 기업을 인수했다.[3] 그리고 직접 아이폰 인공지능 프로젝트를 지휘하여 시리siri를 개발했으며, 시리가 탑재된 아이폰4S의 발표가 있던 다음 날 세상을 떠났다. 그러니까 스티브 잡스는 사망하기 1년 6개월 전에 천문학적인 돈을 들여서 인공지능 스타트업 기업을 인수했고, 직접 인공지능 프로젝트를 지휘했고, 그 프로젝트가 완수된 다음 날 호흡을 멈췄다. 한마디로 스티브 잡스는 자신의 남은 생명을 모두 인공지능에 쏟아부었다.

나는 여러 경로를 통해 스티브 잡스가 죽기 전에 했던 가장 중요한 일에 대해서 알게 되었고, 온몸을 뒤흔드는 거대한 충격에 사로잡혔다. '도대체 스티브 잡스는 왜?', '도대체 인공지능이 무엇이기에?' 하면서 말이다. 물론 나는 미국의 전설적인 IT 기업가들이 인공지능에 매달리고 있다는 사실을 이미 2004년에 알고 있었다. 그때 번역 출간된 《빌 게이츠&워런 버핏 성공을 말하다 Buffett&Gates on Success》에 나온 빌 게이츠의 "나는 인공지능에 관한 정보가 있는 곳이라면 만사를 제치고 달려갑니다"라는 발언을 통해서 말이다.[4] 하나 이때만 해도 나에게 있어서 인공지능이란 SF science fiction와 과학의 경계선에 있는 것이었다. 아니 SF에 가까운 것이었다. 그런데 스티브 잡스가 사망 전에 보인 행적을 따라가 보니 인공지능은 절대 SF가 아니었다. 나는 이때부터 인공지능을 심각하게 받아들였고, 본격적으로 공부하기 시작했다. 그리고 2015년 3월, 공부한 내용의 일부를 《생각하는 인문학》에 담았다.

그 누구도 관심을 갖지 않았다

《생각하는 인문학》은 출간된 지 약 2개월 만에 종합 베스트셀러 1위에 올랐다. 인터넷 포털 사이트 다음 Daum과 함께 진행한 《생각하는 인문학》 뉴스 펀딩은 1억 원을 돌파하면서 큰 화제를 불러일으키기도 했다. 이때 나는 내심 기대했다. '이제 우리나라에서도 인공지능에 대한 관심이 폭발적으로 생기겠구나!' 하고 말이다. 결론적으로 말하면 나는 김칫국부터 마신 셈이었다. 정말이지 그 누구도 인공지능에 관심을 갖지 않았다. 나는 좌절했고, 잊기로 했다.

그러던 어느 날이었다. 아마도 알파고AlphaGo, 구글 딥마인드가 개발한 인공지능 바둑 프로그램으로, 2016년 우리나라의 이세돌 9단과 펼친 대국에서 알파고가 4:1로 승리했다. 때문에 온 나라가 떠들썩했던 때로 기억한다. 출판사에서 연락이 왔는데, 한 기업에서 '인공지능과 인문학'을 주제로 강의를 요청해왔다는 것이다. 신기했다. 바로 응하겠다고 답했다.

직원들이 워낙 많다 보니 강의는 오전과 오후로 나눠서 진행되었다. 내가 인공지능에 대해서 생각을 고쳐먹은 사건이 이날 점심시간에 발생했다. 대표이사 및 임원들과 식사를 함께했는데, 도무지 밥을 먹을 수가 없었다.

"작가님도 이미 보셨겠지만 미국과 유럽은 물론이고 중국·동남아·인도·중동 사람들까지 우리 회사를 일상적으로 방문합니다. 그런데 다들 어느 순간부터 인공지능 이야기를 하더라고요. 알고 보니 세상이 인공지능을 중심으로 새롭게 구축되고 있더군요. 그래서 우리 회사도 인공지능 전문가들을 여럿 모셔서 강의를 들었습니다. 그런데 다들 인공지능 기술이 이렇게 발달하고 있다든가, 앞으로 인공지능 때문에 세상이 이렇게 변할 것이라든가, 영화 〈터미네이터〉에 나오는 스카이넷 같은 인공지능이 인류를 노예로 만들 것이라든가, 뭐 그런 이야기들만 하더군요. 하지만 한번 생각해보세요. 그게 우리와 실질적으로 무슨 상관이 있겠습니까? 중요한 것은 '우리가 앞으로 무엇을 준비할 것인가?'에 대한 답을 제시해주는 것 아닐까요? 이제 곧 인공지능이 인간을 넘어서는 시대가 온다는데 도대체 그때는 언제이며, 우리는 스스로를 어떻게 교육하고 변화시켜야 하며, 직원들과 자녀들은 어떻게 교육하고 준비시켜야 하는지를 알려줘야 할 텐데 말이지요. 다행히 작가님의 《생각하는 인문학》에 그런 내용이 좀 나와 있어서 이번에 모시게 되었습니다. 어려운 발걸음 해주셔서 감사합니다"라는 대표이사의 길고도 심오한(?) 인사말이 끝나자마자 그 자리에 있던 사람들이 너도나도 인공지능 시대를 앞두고 어떻게 준비해야 하는지 조언을 구했기 때문이다.

그 기업에서의 점심시간으로 나는 이런 깨달음을 얻었다.

"그래, 중요한 것은 '인공지능 시대에 나는 무슨 준비를 해야 하는가?'라는 질문에 대한 답이겠지. 맞아, 세상 사람들에게 필요한 것은 바로 그거야. 앞으로 여기에 대해서 좀 더 깊은 공부를 해봐야겠어."

4만 명 vs 4,996만 명

그 기업에서의 강의가 일종의 터닝 포인트였을까? 갑자기 인공지능에 대해 강의해달라는 요청이 쏟아지기 시작했다. 처음엔 "아이고, 저는 인공지능을 연구하거나 개발하는 사람이 아닙니다. 저는 작가일 뿐입니다"라며 거절했다. 인공지능이 내 전문 분야가 아닌데 한두 군데도 아니고 전국적으로 강의 요청을 받으니 당황스러웠다.

사실 나는 그때만 해도 《에이트》를 쓸 생각이 없었다. 그러던 어느 날, 도서관에서 우연히 인공지능 관련 책들을 보다가, 미래 인류 사회는 '인공지능에게 지시를 내리는 계급'과 '인공지능의 지시를 받는 계급'으로 나뉜다는 사실을 알게 되었다. 그리고 선진국들은 전자에 속하는 국민을 최대한 많이 배출하기 위해 오랫동안 노력해왔다는 사실도 알게 되었다. 충격이었다. 더 큰 충격은 그 뒤에 찾아왔다. 우리나라는 여기에 대해서 아는 사람이 전혀 없다시피 했다. 언론도 거의 다루지 않고 있었다.

큰일 났다고 생각했다. 이대로 가다가는 우리나라가 급변하는 시대를 대비하지 못해 수많은 사람들의 삶이 붕괴될지 모른다는 불안감이 생겼다. 나는 책을 쓰기 위한 자료를 축적하기 시작했다. 아마도 우리나라에서 출간된 인공지능 서적과 언론이 보도한 인공지능 기사는 거의 다 읽은 것 같다. 그렇게 1년 넘게 자료를 모았고, 자료를 내면화하는 시간을 3개월 정도 가졌다.

하나 펜을 들기가 쉽지 않았다. 2년 동안 전국을 돌면서 강의를 했다고는 하지만, 다른 여러 바쁜 일들을 소화하느라 한 달에 많아야 5~6회 정도일 뿐이었다. 매회 강의를 들은 청중을 평균 300명으로 잡으면 잘해야 4만 명이 들은 정도였다. 역으로 생각하면 인공지능 강의를 듣지 않은 사람, 그러니까 인공지능에 대해서 별 관심이 없다고 추정되는 사람은 약 4,996만 명이었다.

게다가 우리나라의 전반적인 환경은 어떠한가. 먼저 청소년 여러분이 지금 받고 있는 주입식 교육을 생각해보자. 아마 여러분 머릿속에는 내신이나 대입을 목표로 외운 수많은 개념들과 공식들이 가득할 것이다. 그러나 선진국의 학생들은 다르다. 그 나라들은 미래에 인공지능의 IQ 지능지수가 1만을 돌파하기에 주입식 교육은 아무 의미 없다고 하면서, 아이들에게 인공지능이 절대 가질 수 없는 능력을 길러주기 위해 애쓰고 있기 때문이다. 이는 비유하면 이미 전기가 발명되었고 세계적으로 전기 문명을 만들어가고 있는데, 여러분은 좀 더 오래 타는 양초를 만드는 법을 배우고 있는 것과 다를 바 없다.

여러분이 직업을 갖게 되는 10~20년 후에 세상은 어떻게 변해 있을까? 세계적인 연구기관들은 물론이고 우리나라 연구기관들도 앞으로 10년 내에 세상이 인공지능 중심으로 바뀌고, 단순 노무직과 기능직은 물론이고 전문직도 인공지능에 의해 대체된다는 보고서를 앞다투어 내놓고 있다. 그러니까 여러분은 공교롭게도 사회에 나가자마자 인공지능과 업무 경쟁을 벌여야 한다. 하지만 우리나라에서는 이에 대한 실질적인 대책을 찾아볼 수 없다.

인공지능은 교육과 직업의 대변환만을 가져오진 않는다. 유발 하라리 이스라엘 히브리대학교 역사학과 교수이자《사피엔스(Sapiens)》,《호모 데우스(Homo Deus)》등의 저자를 비롯한 세계적인 석학들은 우리나라가 "인공지능 시대에 가장 큰 위험에 처하는 국가가 될 수 있다"고 경고한다. 북한이 후일 인공지능 로봇 군대를 설립할 수 있고, 이는 핵폭탄보다 더 실질적인 위협이 될 수 있기 때문이다. 실제로 지금 세계 분쟁 현장에서 군인들을 가장 큰 두려움에 떨게 하는 것은 인간 군인이 아닌 인공지능 로봇 군인이다. 인공지능 로봇 군대의 위협은 북한에서 김정은 독재체제가 종식되고, 정치범 수용소에 갇혀 있는 20여만 명의 사람들이 해방되어 진정한 인권이 실현되고, 대한민국 주도의 자유 민주주의 통일이 된다고 해서 사라지는 것은 아니다. 북한보다 더 강력하고 더 두려운 인공지능 로봇 군대를 설립할 수 있는 군사 강국들, 즉 중국·러시아·일본이 우리를 둘러싸고 있기 때문이다. 이 세

나라는 모두 우리나라와 전쟁을 한 경험이 있는데,[5] 지금도 유사시 한반도에 군대를 투입할 계획을 가지고 있다.[6]

여러분은 이런 미래를 내다보고 준비해야 한다. 그러지 않으면 인공지능 시대에 스스로를 지킬 수 없을 것이다.

'로봇의 인간 대체 비율' 세계 1위의 나라

혹시 '로봇이 인간을 대체하는 비율'이 세계 1위인 나라가 어디인지 아는가? 우리나라다. 국제로봇연맹IFR, International Federation of Robotics 이 발표한 보고서에 따르면 우리나라는 인간 근로자 1만 명당 로봇 수가 세계 평균 69대보다 무려 462대나 많은 531대다.2016년 기준 앞으로 인공지능 시대가 본격적으로 시작되면 우리나라는 '인공지능이 인간을 대체하는 비율' 세계 1위 나라가 될 가능성이 심히 높다. 만일 그런 사태가 벌어지면 여러분의 삶은 어떻게 될까? 생각만 해도 암담하다. 더 심각한 사실은 여러분이 이에 대해 잘 모르고 있고, 아무런 준비도 하고 있지 않다는 것이다.

우리나라에서도 알파고 사태 이후로 인공지능 포럼이라든가 강연회, 토론회 등에 주기적으로 참여하면서 인공지능에 관한 지식을 나름 열심히 쌓고 있는 사람들이 있다. 물론 이들의 인공지능 공부는 주입식 공부 수준에 불과하지만 분명한 것은 이들이 그나마 우리나라에서 인공지능에 관한 지식이 가장 많고, 인공지능 시대를 가장 잘 준비하고 있다는 사실이다. 이를 바탕으로 이들은 인공지능 시대에도 안정적인 삶을 꾸릴 가능성이 높다. 하지만 아무런 준비도 하지 않은, 또는 하지 못한 대부분의 사람들은 어떻게 될까? 본문에서 자세히 이야기하겠지만 하루아침에 사회적·경제적 위치가 흔들리고 말 것이다.

청소년 여러분은 어떻게 할 것인가? 지금처럼 주입식 공부만 하다가 어느 날 여러분보다 뛰어난 능력을 가진 인공지능에게 대체될 것인가? 아니면 지금부터 '인공지능에게 대체되지 않는인공지능의 주인이 되는 나'를 만들어나갈 것인가?

나는 여러분이 후자를 선택하길 바란다. 미래에 자신은 물론이고 소중한 사람들을 지킬 수 있는 강한 존재가 되길 바란다. 여러분이 '인공지능에게 대체되지 않는 나'를 만드는 길을 걷기 시작하면 여러분 주변의 사람들도 그 길에 관심을 가질 것이다. 그리고 여러분과 함께 그 길을 걷기 시작할 것이다. 그렇게 우리나라 사람들이 새로운 미래를 준비할 때 비로소 우리나라 앞에 인공지능 강국強國의 문이 활짝 열릴 것이다. 나는 이를 믿어 의심치 않는다. 내가 오랜 망설임을 떨치고 펜을 잡은 이유다.

Part 1

단 한 번도 경험하지 못한 시대가 오고 있다

–

인간이 기계에게 대체될 수밖에 없는 이유

실리콘밸리와 하버드의 발 빠른 움직임

2006년, 캐나다 토론토대학교 교수 제프리 힌턴이 딥러닝Deep Learning을 주제로 논문을 발표했다.[1] 인공지능이 스스로 학습하고 추론하고 판단할 수 있음을 이론적으로 증명한 논문이었다. 당시에 우리나라는 이런 논문이 발표되었는지조차 몰랐다. 아마 알았다 해도 "인공지능? 글쎄, SF 영화라면 모를까…" 정도로 반응했을 것이다.

그런데 미래학자인 레이 커즈와일, 혁신적 기업가인 피터 디아만디스 같은 실리콘밸리의 천재들과 NASA미국항공우주국, 구글 같은 곳은 다르게 반응했다. 그들은 이제 곧 인공지능의 시대가 올 것임을, 아니 인공지능이 인류의 새로운 문명이 될 것임을 직감하고 발 빠르게 움직였다.

그로부터 10년 뒤인 2016년 3월, 우리나라는 제프리 힌턴 교수의 딥러닝 기술을 탑재한 인공지능을 국민적 충격 속에 만난다. 바로 알파고다.

실리콘밸리 상위 1%가 움직이다

리처드 왓슨은 앨빈 토플러, 대니얼 핑크와 함께 '세계 3대 미래학자'로 불리는 사람이다. 그는 저서《인공지능 시대가 두려운 사람들에게Digital vs Human》에서 일등석보다 상위 등급인 특등석을 타고 다니는 사람들에 대한 흥미로운 이야기를 들려준다.[2]

그에 따르면 공항에서 특등석 라운지를 이용하는 사람들은 스마트폰이나 노트북을 붙잡고 일하느라 정신없는 비즈니스석이나 일등석 라운지의 사람들과 달리, 조용히 독서를 하고 있거나 커다란 창밖을 보면서 사색에 잠겨 있다. 그러니까 비즈니스석 · 일등석 이용자들은 '기계'처럼 쉬지 않고 '일'을 하는 사람들이고, 특등석 이용자들은 '인간'답게 독서와 사색과 성찰을 하면서 쉬지 않고 자기 '교육'을 하는 사람들이라는 것이다.

나는《인공지능 시대가 두려운 사람들에게》를 여러 번 반복해서 읽고, 책의 핵심 주제를 깊이 사색했다. 그리고 다시 공항 라운지 이야기를 읽었다. 이때에는 저자의 관점이 아닌 내 관점에서 읽으려고 노력했다. 그런 후 나는 다음과 같은 의견을 가질 수 있었다.

- 지금 기계처럼 일하는 사람들은 앞으로 더 나은 기계인 '인공지능'에게 대체될 것이다.
- 인간 고유의 활동인 '독서', '사색', '성찰' 등을 통해 자신을 새롭게 만들어가고 있는 사람들은 '인공지능'에게 대체되지 않을 것이다. 아마도 인공지능에게 지시를 내리는 존재가 될 것이다.
- 일등석보다 높은 등급인 특등석을 이용할 정도의 사람들이라면 국적이 어디든 지배 계급에 속할 것이다. 그들은 지금 이 순간에도 '인공지능에게 대체되지 않는 인공지능의 주인이 되는 나'를 만드는 자기 교육을 쉬지 않고 하고 있다.

인류 역사를 살펴보면 어느 시대, 어느 국가를 막론하고 지배 계급은 전체 국민의 1~2% 정도에 불과했다. 오늘날도 마찬가지다. 그렇다면 지배 계급이 가장 중요하게 생각했던 것은 무엇일까? '교육'이다. 조선 시대를 생각하면 이해가 빠를 것이다. 조선 500년 동안 양반 계급은 항상 전체 인구의 2% 정도였다. 물론 조선 후기에 들어서 여러 편법으로 양반 비율이 크게 늘어났다고는 하지만 그들은 지배 계급에 편입되지 못했다. 아무튼 조선의 양반 계급이 가장 중요하게 생각했던 것은 '교육'이었다. 그들은 교육을 통해 부와 권력을 대물림했다. 안타까운 사실은 조선의 지배 계급이 시대에 뒤떨어진 교육을 고수하고, 그것을 자녀들에게 물려줬다는 것이다. 그 결과 조선은 내리막길을 걷게 되었다.

다시 2006년으로 돌아가자. 제프리 힌턴이 딥러닝에 관한 논문을 발표하자 미국, 아니 지구의 지배 계급에 속하는 실리콘밸리 상위 1%가 움직였다. 앞에서도 말했듯이 그들은 머지않아 새로운 인류 문명 시대가 시작될 것임을 알아차렸고, 그 시대의 리더가 되려면 새로운 교육이 필요함을 깨달았다. 그래서 그들은 2008년에 새로운 교육기관을 세웠다. 이름하여 '싱귤래리티Singularity대학교'다.[3]

혹시 청소년 여러분은 인공지능 하면 2016년에 선보인 알파고만 생각나는가? 그렇다면 2006년부터 2008년까지 서양에서 인공지능 시대의 변곡점이 생겼다고 하는 나의 주장이 좀 생소할 것이다. 하지만 〈뉴욕 타임스〉 칼럼니스트인 토머스 프리드먼을 비롯하여 서양의 많은 지식인들이 인류가 2006년부터 2008년 사이에 새로운 시대로 들어섰다고 규정하고 있다. 그리고 이 새로운 시대의 특징인 '기하급수적 변화와 성장'이 인공지능 기술을 기하급수적으로 발달시키고 있으며 이는 "궁극적으로 인류에게 큰 위협이 될 수 있다"고 경고하고 있다.

'싱귤래리티대학교'의 교육 목표

알파고가 이세돌 기사를 이긴 지 어느새 4년이 넘었다. 요즘의 인공지능은 인간의 삶에 어떤 영향을 미치고 있을까? 인공지능 로봇이 파쿠르parkour에 이어 공중제비까지 도는 모습을 유튜브에서 어렵지 않게 찾아볼 수 있고, 인공지능 목사는 물론이고 승려까지 나와서 신도들에게 큰 인기를 끌고 있다.[4] 또한 아마존을 비롯한 세계적인 기업의 근로자들이 인공지능 때문에 대량 해고당하고 있고, 미국과 유럽 선진국들이 국가 시스템 전체를 인공지능 중심으로 변화시키고 있으며, 일본 대학생들의 취업 문화가 장래 인공지능에게 대체되지 않는 직종을 찾는 것으로 바뀌고 있다. 그럼에도 불구하고 우리나라에서는 사석에서 인공지능에 대한 이야기를 진지하게 나누는 사람들이 거의 없다.

하지만 앞으로 인공지능은 생산직, 사무직은 물론이고 전문직까지 거의 모든 직업을 대체하게 될 것이다. 아니, 이미 그런 흐름이 진행되고 있다. 이런 시대에 가장 중요한 것은 '인공지능에게 대체되지 않는인공지능의 주인이 되는 나'를 만드는 교육이다.

싱귤래리티대학교는 실리콘밸리의 상위 1%가 2008년에 구글과 NASA의 자금 지원을 받아 설립한 학교로, 이곳에서 인공지능 시대에 맞는 새로운 교육을 받기 위해서는 3천만 원 정도나 되는 비싼 수업료를 내야 한다.[5] 그런데 놀랍게도 이 학교가 첫 입학생으로 40명을 뽑겠다고 밝혔을 때 13개국에서 무려 1만 2천여 명의 지원자가 모여들었다.

싱귤래리티대학교는 '10억 명의 인류에게 영향을 주는 일을 할 수 있는 사람을 길러내는 교육'을 설립 목적으로 내세운다. 그런데 이를 '싱귤래리티'라는 단어와 연결하여 생각해보면 인공지능 시대의 리더를 길러내기 위한 교육임을 알 수 있다.

이 학교의 설립자들이 말하는 싱귤래리티, 즉 특이점이란 '인류의 모든 지능을 합한 것보다 더 높은 지능을 가진 인공지능이 출현하는 때'다. 그들은 특이점을 2045년으로 예측하고 있다.[6] 그러니까 싱귤래리티대학교는 2045년에 인류를 지배할 수 있는 능력을 가진 인공지능이 탄생한다는 것을 전제로 세워졌다.

UN국제연합에 따르면 세계 인구는 2050년경 100억 명을 돌파한다. 그렇다면 인공지능은 특이점 이후 100억 명을 지배하게 된다. 그런데 싱귤래리티대학교는 10억 명에게 영향을 줄 수 있는 사람을 길러내는 것을 목적으로 하고 있다. 이상한 일이다. 2045년이면 전 인류가 인공지능에게 지배된다고 굳게 믿고 있는 사람들이 특이점 이후에도 10억 명에게 영향을 줄 수 있는 사람을 길러내기 위해 대학을 설립했다니.[7] 그런데 이렇게 해석하면 앞뒤가 맞아떨어진다. 싱귤래리티대학교는 인류 전체의 지능을 합한 것보다 뛰어난 인공지능을 지배할 수 있는 사람을 기르는 것을 목적으로 한다고 말이다.[8] 그런 사람만이 특이점 이후에 10억 명의 인류에게 영향을 주는 일을 할 수 있기 때문이다.

물론 싱귤래리티대학교의 교육이 인공지능 시대의 지배 계급을 양성하는 데 최적화된 교육이라는 보장은 전혀 없다. 하지만 싱귤래리티대학교가 이름 그대로 특이점 이후의 시대를 준비하는 교육을 하고 있다는 것은 사실이고, 전 세계의 엘리트들이 새로운 시대의 리더를 꿈꾸며 싱귤래리티대학교로 몰려들고 있다는 것도 사실이다.

강의의 시대는 끝났다

2011년, 110여 개국 1,300개 이상의 대학에서 인공지능 교재로 사용하고 있는 《인공지능Artificial Intelligence》의 저자 피터 노빅과 스탠퍼드대학교 인공지능연구소 소장 서배스천 스런이 인터넷에 자신들의 강의를 공개했다.[9] 그 전에는 오직 스탠퍼드대 재학생만 들을 수 있는 강의였다. 이후 유다시티Udacity · 에드엑스edX · 코세라Coursera 같은 무크MOOC, Massive Open Online Course 기업들이 하버드 · MIT매사추세츠 공과대학 · 스탠퍼드 · 예일 · 프린스턴 · 펜실베이니아 · 카네기멜론 · 웰즐리 같은 미국 명문 대학들의 강의를 온라인에 공개했다.

유다시티 · 에드엑스 · 코세라의 설립자들은 자신들의 설립 취지를 이렇게 밝혔다.[10]

"우리는 교육의 민주화를 꿈꾼다. 이를 위해서는 모든 사람이 양질의 교육 콘텐츠를 제한 없이 공급받을 수 있어야 한다."

하지만 이 말에는 다른 의미도 담겨 있지 않을까? 하버드 · 스탠퍼드 · MIT · 예일 같은 대학들이 세계 최고의 명문으로 꼽히는 이유는 세계 최고의 강의를 제공하기 때문이다. 그런데 왜 이 대학들은 최고 위치의 비결인 '강의'를 인터넷에 공개했을까?

이유는 간단하다. 강의 위주의 교육을 받은 사람은 인공지능 시대에 1순위로 인공지능에게 대체되거나 지배되기 때문이다. 그래서 하버드 · 스탠퍼드 · MIT · 예일 같은 세계 최고의 대학들은 이미 2000년대 후반부터 강의 위주의 수업 형태를 인공지능 시대의 리더를 만드는 수업 형태로 바꾸는 실험을 조금씩 해오다가, 2012년에 강의의 시대가 끝났음을 인정하고 유다시티·에드엑스·코세라 같은 무크 기업을 설립해서 자신들의 강의를 인터넷에 공개하는 파격적인 결정을 내렸다.[11] 그리고 몇 년 뒤에 "2019년부터 의과대학 강의를 전면 폐지한다. 다른 학과들도 같은 방향으로 간다"고 공식 발표했다. 그러니까 하버드 의대·스탠퍼드 의대·듀크대 의대 등 세계 최고의 명문 의대들은 2019년부터 공식적으로 강의가 사라지게 되었다. 왜 이들이 강의를 없앴는지, 그리고 수업 시간에 강의를 듣는 대신 무엇을 하는지에 대해서는 뒤에서 다루겠다.

물론 전 세계 어디든 인터넷만 되면 세계 최고 대학들의 강의를 들을 수 있다는 것은 참으로 혁신적인 일이다. 다만 정작 그 대학들은 인공지능 시대를 주도하기 위해 강의를 넘어선 새로운 교육의 세계로 들어가고 있음을 알아야 한다.

일론 머스크가 자녀들을 자퇴시킨 이유

2014년, 영화 〈아이언맨〉의 실제 모델이자 전기차 제조업체 테슬라 모터스와 민간 우주 탐사업체 스페이스X의 창업자인 일론 머스크가 자녀들을 자퇴시켰다. 그의 자녀들은 실리콘밸리에서 가장 좋은 미래형 사립학교를 다니고 있었지만, 이곳이 '인공지능 산업의 일인자'가 되는 교육은 제공하지 못한다고 판단했기 때문이다.

이후 일론 머스크는 자퇴한 다섯 명의 아이들을 자신이 세운 사립학교인 애드 아스트라Ad Astra에 입학시켰다. 현재 이곳에서는 31명의 아이들이 인공지능 시대의 최고 리더가 되기 위한 교육을 받고 있다고 한다. 이 학교에서 어떤 교육을 하고 있는지는 뒤에서 밝히겠다.

정리하면 싱귤래리티대학교의 교육 목표, 하버드 같은 세계 최고 대학들의 강의 폐지 정책, 일론 머스크의 애드 아스트라 설립은 모두 '인공지능에게 대체되지 않는 교육'과 연결된다. 이는 새로운 시대에 맞게 스스로를 바꿔서 인공지능의 주인이 되기 위한 교육이다.

2차 흑선,
일본 교육혁명의 숨은 뜻

지금으로부터 약 150년 전, 동아시아의 한 국가에서 대격변이 일어났다. 그런데 이는 얼마 후 동아시아에 거대한 고통을 불러왔다. 바로 옆에 위치한 한 나라가 국권을 강제로 빼앗기고, 인접 국가들 역시 무력 침략에 따른 살상·탄압·수탈을 당했기 때문이다.

나는 지금 일본의 메이지 유신과 그 여파에 대해 말하고 있다. 그런데 이 메이지 유신의 핵심은 바로 교육혁명이었다. 19세기 후반 일본에서 일어난 교육혁명, 그것은 1차 산업혁명을 통해 새로운 문명 시대를 연 서양의 교육을 그대로 들여와서 전 국민을 새 시대에 맞게 바꾸는 것이었다.

그들은 왜 교육혁명을 단행했을까

2013년 6월, 일본은 약 150년 만에 교육혁명을 단행했다. 주요 내용은 2020년까지 입시 교육을 폐지하고, 공교육에 국제 바칼로레아International Baccalaureate를 도입한다는 것이었다.[12] 보통 IB라고 불리는 국제 바칼로레아는 스위스에서 시작된 교육 과정으로, 책冊을 읽고 토론하고 글을 쓰는 것을 핵심으로 삼고 있다.

나는 21세기 일본 교육혁명을 접하고 많은 자료를 찾아봤다. 그런데 일본의 교육혁명은 바칼로레아의 정수를 가져오지 못한 느낌이었다. 일본의 새로운 교육은 교과서도 없고 강의도 없고 노트 필기도 없고 시험도 없는, 철학·역사·문학·과학·예술 분야 위주로 읽고 토론하고 소논문을 쓰는, 평가는 평소 수업 시간의 토론과 소논문으로 하는 바칼로레아에 상당히 미달했기 때문이다. 일본의 바칼로레아는 기존의 교육 과정에 토론과 소논문 쓰기를 추가한 정도에 그친 것 같다고나 할까. 초등학교 때부터 고등학교 때까지 독서가 삶의 한 부분이 되게 만드는 과정 속에서 자연스럽게 깊이 있는 토론과 수준 높은 글쓰기가 우러나오게 하는, 바칼로레아의 핵심은 놓친 것 같았다.

물론 그렇다고 일본의 교육혁명이 무시할 정도의 수준이라는 것은 아니다. 일본의 국제 바칼로레아 도입은 적어도 동아시아에서는 충격적이다. 대표적으로 삿포로 가이세이 중등교육학교의 체육 교육 과정 중 '창작 춤' 단원 수업을 보자.[13] 이 수업에서 교사는 토론하기와 소논문 쓰기를 춤 창작하기 이상으로 중요하게 여긴다. 실제로 교사는 운동을 못해도 자기 생각을 글로 잘 써내면 좋은 점수를 주는데, '창작 춤' 수업을 받는 동안 학생들은 깊게 생각하고 토론한 뒤 32단계로 이뤄진 기승전결 형태의 소논문을 써야 하고, 다음 아홉 가지 문항에도 답해야 한다.[14]

1. 다양한 방법으로 사물을 감상하여 느낀 아름다움을, 몸동작과 공간을 활용하여 표현한다면 어떤 의미가 있겠는지 서술하시오.
2. 아름다움이 무엇인지 서술하시오.
3. 특정한 춤 동작으로 아름다움을 표현하는 일이 가능한지 서술하시오.
4. 표현 활동이 사람에게 미치는 영향이 무엇인지 서술하시오.
5. 개인적 · 문화적 표현은 무엇을 의미하는지 서술하시오.
6. '관계'란 어떤 의미를 지닌다고 보는지 서술하시오.
7. '순응', '동작'은 어떤 의미를 지니는지 서술하시오.
8. 창작 춤 수업에 참가한 소감을 서술하시오.
9. 춤 기획부터 발표회까지 그 절차를 기술하고 조별로 협력 학습을 하면서 느낀 점을 서술하시오.

동아시아에 주입식 교육으로 대표되는 입시 교육을 정착시킨 주범인 일본은 왜 갑자기 현행 대입 제도까지 폐지해가면서 서양의 바칼로레아를 도입한 것일까? 기존 주입식 교육으로는 인공지능으로 대표되는 4차 산업혁명 시대에 살아남을 수 없기 때문이다.

18세기 후반 1차 산업혁명을 일으킨 서양은 새로운 문명의 시대를 열었고, 이 흐름에 뒤처진 국가들은 서양의 문물을 수용하면서 서양 문명에 종속되었다. 일례로 1854년에 미국은 일본을 강제 개항시켰고, 18년 뒤인 1872년에 일본은 "전국에 5만 개 넘는 학교를 세워 전 국민이 서양식 교육을 받게 한다"는 내용이 담긴 학제學制를 공표했다. 1차 산업혁명을 일으킨 서양의 진정한 힘을 깨닫고 취한 조치였다.

국민 평균 독서량 166위의 나라

학제 공표가 있고 나서 14년 뒤인 1886년 3월, 일본은 '제국대학령'을 반포했고, 한 달 뒤에는 '소학교령'도 반포했다. 이로써 일본은 1차 산업혁명 시대에 살아남을 수 있는 힘을 기르게 되었다.

혹시 청소년 여러분은 당시 일본에서 누가 서양식 교육혁명을 본격적으로 시작하고 또 완성시켰는지 알고 있는가?

이토 히로부미다.[15] 을사늑약 체결과 우리나라의 국권 강탈을 주도한 그 이토 히로부미 말이다.

이쯤에서 또 묻고 싶다. 혹시 여러분은 누가 21세기 일본 교육혁명을 시작하고 또 완성시키고자 했는지 알고 있는가?

아베 신조다. 그런데 오랜 기간 일본 총리를 지낸 아베 신조가 가장 존경하는 인물은 조선을 정복하자는 '정한론征韓論'을 주장한 요시다 쇼인이다. 더구나 아베 신조가 정치 롤모델로 삼고 있다는 외할아버지 기시 노부스케는 일본을 군사 대국으로 만들어서 '대동아 공영권'을 다시 실현하자는 주장을 펼친, A급 전범戰犯, 전쟁 범죄인이다. 생각해보자. 대동아 공영권이란 제2차 세계대전 당시 일본이 아시아 다른 나라들에 대한 침략을 합리화하려고 내세운 표어다. 일본을 중심으로 아시아가 단결하여 함께 번영하자는 이 거짓된 주장 아래 일본은 군사력을 앞세워 아시아 곳곳을 식민지와 점령지로 만들고, 자원과 노동력을 수탈하고, 독립운동을 탄압하면서 수많은 사람들을 살상하는 반인륜적인 행위를 자행했다. 이런 역사를 일본은 되풀이하고 싶은 것일까. 아베 신조의 대표적 망언은 다음과 같다.

"아베 내각은 일본의 식민 지배를 사죄한 무라야마 담화를 계승하지 않는다."

"A급 전범이 합사된 야스쿠니 신사를 참배하면서 나라를 위해 싸우고 고귀한 생명을 바친 영령들에게 존숭의 뜻을 표하는 것은 당연한 일이다."

물론 아베 신조가 제2의 이토 히로부미가 될 수는 없을 것이다. 무엇보다 우리가 과거와 다르기 때문이다. 하지만 우리는 잊지 말아야 한다. 지금으로부터 약 170년 전 일본은 서양의 흑선黑船을 만난 후 교육혁명을 일으켜서 1차 산업혁명이 만든 새로운 시대의 흐름에 올라탔다. 그러고는 이내 군사 대국으로 변신하여 대한제국의 국권을 강제로 빼앗고 식민 통치를 시작했다.

국제 바칼로레아를 일본 공교육에 도입하는 전반적 계획을 입안 추진한 이쿠코 츠보야 뉴우에루 일본 국제 바칼로레아 대사는 21세기 일본 교육혁명을 가리켜서 일본이 다시 한 번 서양의 '흑선'을 만난 것이라고 말했다.

"4차 산업혁명 시대에는 기존의 주입식·획일식 교육으로는 경쟁력을 가질 수 없다. (…) 일본에서는 국제 바칼로레아를 19세기에 개항할 수밖에 없도록 만들었던 미국 페리 제독의 흑선이라고 본다. 1853년 미국 페리 제독이 흑선을 끌고 도쿄만에 나타나서 개항을 요구했고 이를 계기로 일본은 메이지 유신을 하게 되었다. 흑선은 일본에서 외부 충격을 기회로 삼아 내부 혁신을 성공시킨 상징으로 인식된다. 흑선이 오지 않았다면 일본은 어떻게 바뀌어야 하는지 상상해본 적이 없기 때문에 그렇게 단시간 내에 개혁을 할 수 없었을 것이다. 국제 바칼로레아는 현 일본 교육의 대개혁을 성공시킬 수 있는 흑선이다."[16]

"역사는 반복된다" "역사를 잊은 민족에게 미래는 없다"라는 말이 있다. 일본은 4차 산업혁명 시대를 맞아 교육혁명을 단행하여 인공지능의 주인이 되는 국민을 최대한 많이 배출하고자 한다. 그래서 지금과 비교도 할 수 없는 강대국이 되고자 한다. 거기에는 인공지능 군대를 만들어 대동아 공영권을 실현하려는 계획도 포함될 것이다.

일본의 국민 평균 독서량은 1년 기준 약 60권으로, 미국과 유럽 다음으로 세계 최고 수준을 자랑한다. 이런 국가가 서양의 바칼로레아를 받아들여서 국민 독서의 질을 싱귤래리티대학교, 하버드 의대, 애드 아스트라 수준으로 올리려고 한다. 물론 이는 일본 정부의 희망 사항일 뿐이다. 일본이 국민 독서의 질을 이 세 학교 수준으로 올리는 건 불가능해 보이며, 더구나 일본 국민 평균 독서량은 스마트폰 등의 영향으로 점점 하락하는 추세다. 하지만 일본은 인공지능 시대의 강대국이 되기 위한 교육혁명을 단행했다. 그런데 우리나라는 어떤가?

UN이 발표한 바에 따르면 우리나라는 국민 평균 독서량이 세계

166위다.2015년 기준 16위가 아니다. 166위다. 게다가 우리의 독서 문화는 '단순히 눈으로 읽는' 정도에 그칠 뿐이다. 독서를 통해 세상과 인간을 이해하고 공감하며, 새로운 생각을 창출하고자 치열한 물음을 던지고, 나름의 사고思考를 정립하고 표현하는 단계로 연결되지 못하고 있는 것이다.

지금 여러분의 뇌리에 떠오르는 생각은 무엇인가? 그렇다. 우리에게는 독서혁명을 포함한, 인공지능 시대를 대비하는 교육혁명이 절실하다.

인공지능이 없으면 무엇도 할 수 없는 시대

많은 사람들이 인공지능 하면 알파고를 떠올린다. 그리고 그 이유를 물어보면 이렇게 대답한다.

"인간을 이겼잖아요."

1997년 5월 11일, 미국 뉴욕에서 일어난 일이다. 이날 인공지능을 탑재한 IBM의 슈퍼컴퓨터 딥블루Deep Blue가 10년 넘게 체스 최강자 자리를 지키고 있던, 세계 체스 챔피언 가리 카스파로프와 대결하는 장면이 TV로 생중계되었다. 당시 체스의 최고수들은 한목소리로 딥블루가 패배할 것이라고 말했다. 과학자들, 인공지능 전문가들, 컴퓨터 전문가들 역시 인공지능의 승리는 시기상조라고 예

측했다.[17]

그러나 결과는 인간의 참패였다. 모두의 예상을 꺾고 인공지능이 승리한 것이다. 언론은 '라이트 형제의 첫 비행', '아폴로호의 달 착륙' 같은 사건이라며 호들갑을 떨다가 이내 대국을 직접 참관한 관계자들의 다음 소감을 인용하며 인공지능에게 지배당하는 인류의 어두운 미래를 그렸다.

"단순한 기계가 아니었다. 지능을 가진 생명체 같았다. 두려웠다."

인공지능은 이미 20여 년 전에 인간을 이겼다. 그것도 바둑처럼 인간 고유의 직관과 창의성이 필요하다는 체스에서 말이다.

1842년, 현대적 의미의 인공지능을 말하다

4차 산업혁명의 핵심은 인공지능이다. 그런데 인간은 인공지능을 언제부터 구상했을까? 서양에서 현대적 의미의 인공지능 역사가 시작된 것은 헌종憲宗, 조선 제24대 왕 8년인 1842년이다. 이때 고작 스물일곱 살이던 영국의 에이다 러브레이스가 《찰스 배비지의 해석기관에 대한 분석Observations on Mr. Babbage's Analytical Engine》이라는 책에서 현대적 의미의 인공지능 가능성을 최초로 언급했다.

참고로 덧붙이면 에이다 러브레이스는 C, C++, C#, JAVA, PHP 등 현재 우리가 사용하고 있는 거의 모든 컴퓨터 프로그래밍 언어의 기초 개념을 만든 최초의 컴퓨터 프로그래머이고, 찰스 배비지는 기계식 컴퓨터의 원조인 '해석기관'의 고안자다.[18]

잠시 인공지능의 역사에 대해 간략하게 알아보자. 서양의 인간형 로봇이라든가 만능 기계에 대한 이야기는 그리스 신화까지 거슬러 올라간다. 다이달로스가 만든 동상이나 헤파이스토스가 만든 탈로스크레타섬을 지키는 청동 거인가 인간처럼 살아 움직였다는 이야기가 그 예다. 이후 호메로스[19]와 아리스토텔레스[20]를 거쳐 알베르투스 마그누스,[21] 레오나르도 다빈치,[22] 데카르트,[23] 라이프니츠,[24] 라메트리,[25] E. T. A. 호프만,[26] 찰스 배비지[27] 등으로 이어진다. 하지만 여기까지는 현대적 의미의 인공지능이라고 하기는 어렵다. 뭐랄까, 고전적 의미의 인공지능이라고나 할까.

그러다가 에이다 러브레이스로부터 현대적 의미의 인공지능이 시작된다. 그런데 그녀는 《찰스 배비지의 해석기관에 대한 분석》에서 기계가 인간처럼 사고할 수 있는 가능성이 있다고 했다가 이내 기계는 인간의 명령만을 수행할 뿐이라며 한계를 긋고, 이로 인해 후일 '인공지능의 아버지'라 불리는 앨런 튜링으로부터 반박을 받는다. 앨런 튜링은 1950년에 발표한 "계산기계와 지성Computing

Machinery and Intelligence"이라는 논문에 '레이디 러브레이스의 반박'을 실었는데, 여기서 앨런 튜링은 기계가 학습을 통해 스스로 생각할 수 있을 것이라고 밝혔다. 이것만 놓고 보면 에이다 러브레이스는 인공지능의 가능성을 언급했다기보다는 오히려 인공지능의 가능성을 부정했다고 보는 편이 맞을 것이다.

하지만 많은 전문가들은 에이다 러브레이스가 인공지능은커녕 기계식 컴퓨터도 발명되기 전에 오늘날 인공지능 프로그램을 만들 때 쓰이는 'IF문'을 근거로 인공지능의 가능성을 언급했다는 점에서 그녀를 현대적 의미의 인공지능을 이야기한 최초의 사람으로 보고 있다.

에이다 러브레이스가 《찰스 배비지의 해석기관에 대한 분석》을 펴낸 이후 약 100년 동안 철학·수학 분야에서 컴퓨터·인공지능의 역사가 이어졌고,[28] 20세기 중반부터는 우리가 아는 인공지능의 역사가 본격적으로 시작된다.

1997년 5월 11일, 모든 것의 시작

1943년 워런 매컬러와 월터 피츠는 '인공신경망'을 연구한 논문을 발표했다. 물론 이때만 해도 두 사람의 논문은 이론에 불과했다.

하지만 2016년 우리가 잘 아는 한 인공지능이 두 사람이 구상한 인공신경망을 탑재하고 나타난다. 바로 알파고다. 알파고의 핵심 기술인 '딥러닝'은 앞에서 말했듯이 제프리 힌턴에 의해 2006년 세상에 등장했는데, 워런 매컬러와 월터 피츠의 '인공신경망'을 기반으로 하고 있다.

1950년에는 앨런 튜링이 그의 논문 "계산기계와 지성"에서 인공지능 판별 테스트인 '튜링 테스트'를 언급했다. 참고로 2014년 6월, 유진 구스트만Eugene Goostman이라는 인공지능이 튜링 테스트를 통과했다.

1956년 봄에는 앨런 뉴얼과 허버트 사이먼이 최초의 인공지능 프로그램이라 불리는 '논리이론가Logic Theorist'를 개발했다. 논리이론가는 20세기 최고의 철학자이자 수학자인 버트런드 러셀과 화이트헤드가 공저한 《수학 원리Principia Mathematica》의 정리들을 순식간에 증명했다. 이해 여름에는 다트머스대학교에서 인공지능 학회가 최초로 열렸고, 이때 인공지능이 과학의 한 분야로 확립되었다.

1957년에는 프랭크 로젠블라트가 인공신경망을 탑재한 인공지능 컴퓨터 퍼셉트론Perceptron을 개발했다. 비록 3층 구조로 이뤄진 단순한 신경회로망이었지만, 인간의 뇌를 닮은 인공신경망이 얼마든지 현실화될 수 있음을 보여줬다.[29]

1959년에는 마빈 민스키가 MIT에 최초의 인공지능연구소를 세웠다. 이후 카네기멜론대학교와 프린스턴대학교, 에든버러대학교 등에 인공지능연구소가 세워졌다.

1963년에는 미국 국방부 산하기관인 국방고등연구계획국이 '인공지능 프로젝트'를 시작했다.[30] 국방고등연구계획국은 이때 '음성인식 프로젝트'도 같이 시작했는데, 후일 여기서 아이폰에 탑재된 인공지능 시리의 개념과 기술이 개발되었다.[31]

1966년에는 요제프 바이첸바움이 인간과 대화는 물론이고 심리 상담까지 가능한 인공지능 채팅 프로그램 일라이자Eliza를 개발했다. 일라이자와 대화한 MIT 임직원들은 일라이자를 정신과 의사로 착각하고 자신의 온갖 비밀을 털어놓았는데, 나중에 인공지능 프로그램이라는 사실을 알고 분노했다고 한다. 몇 년 뒤 요제프 바이첸바움은《컴퓨터 권력과 인간의 이성Computer Power and Human Reason》을 출간했는데, 이 책에 인공지능이 인류에게 위협이 될 수 있다는 주장을 담았다.

그리고 1997년 5월, 인공지능 딥블루가 체스 경기에서 인간 최고수를 꺾고 승리한다.

내가 말하고자 하는 바는, 서양은 에이다 러브레이스 이후 무려 155년 동안 인공지능에 대해 구상하고 연구한 끝에, 비록 지능의 한 영역에 국한되긴 했지만 인간을 뛰어넘은 인공지능 딥블루를 개발했다는 것이다. 한마디로 서양은 심히 오랫동안 인공지능 문명을 상상하고 준비하고 또 실제로 만들어왔다.

여러 자료를 놓고 추정하면 딥블루는 다음 다섯 사람에게 큰 영향을 미친 것 같다.

첫 번째는 빌 게이츠다. 1990년대에 컴퓨터 산업계의 황제라 불렸던 빌 게이츠는 딥블루의 승리를 목격한 뒤 인공지능 전도사로 변신한 것 같다.[32] 그는 이때부터 아이비리그를 비롯하여 미국 전역의 대학을 순회하면서 "인류의 미래 문명은 인공지능이 될 것이다. 내가 만일 대학생이라면 다른 무엇보다 인공지능을 공부하겠다"며 열변을 토하기 시작했기 때문이다. 그의 강의를 듣고 많은 인재들이 실리콘밸리로 향했으며, 그들 중 적지 않은 수가 현재 인공지능 산업의 주역으로 활동하고 있다.

두 번째와 세 번째는 세르게이 브린과 래리 페이지다. 두 사람은 딥블루가 가리 카스파로프와 체스를 둘 때 스탠퍼드대 대학원에서 인공지능을 공부하고 있었다. 두 사람에게 딥블루의 승리가 어떤 의미로 다가왔을지 상상해보자. 아마도 하늘이 두 쪽으로 갈라지는 듯한 충격을 받았을 것이다. 자신들은 그저 인공지능을 공부하고 있을 때 누군가들은 인간을 이기는 인공지능을 만들었기 때문이다.

아무튼 두 사람은 이듬해인 1998년 딥블루처럼 어느 한 영역에서만 인간을 앞서는 불완전한 인공지능이 아닌 모든 면에서 인간을 압도하는 진정한 의미의 인공지능을 만들어서 세상을 바꾸겠다며 구글을 창업했다.

네 번째는 스티브 잡스다. 그는 공교롭게도 딥블루의 승리가 있고 몇 달 뒤 애플에 복귀했다. 그리고 천재적인 경영 감각을 발휘해서 애플을 세계 최정상에 올려놓았다. 이후 그는 애플의 모든 힘을 인공지능에 쏟아부었다. 이를 보면 그는 분명히 딥블루의 승리에 자극을 받아 인공지능 영역에 본격적으로 발을 들여놓았다고 할 수 있다.[33]

다섯 번째는 마크 저커버그다. 딥블루와 가리 카스파로프가 체스판을 두고 마주 앉았을 때 그는 컴퓨터에 빠져 살던 중학생이었다. 그런데 갑자기 고등학교에 올라가서 인공지능 뮤직플레이어를 만들었다.[34] 만일 마크 저커버그가 딥블루의 승리에 깊은 영향을 받지 않았다면 그런 일이 벌어질 수 있었을까? 나는 다른 많은 인공지능 전문가들이 그렇듯이 마크 저커버그 또한 딥블루를 만나고 인공지능 세계로 들어갔다고 생각한다.

빌 게이츠가 창업한 마이크로소프트, 세르게이 브린과 래리 페이지가 창업한 구글, 스티브 잡스가 창업한 애플, 마크 저커버그가 창업한 페이스북의 공통점은 유망한 인공지능 스타트업 기업들과 인공지능 분야의 최고 인재들을 블랙홀처럼 빨아들이고 있다는 것이다. 사실 이 네 기업은 이미 오래전부터 인공지능 기업이라고 해도 과언이 아닐 정도로 인공지능을 주력으로 삼고 있다. 그리고 지금 이 순간에도 인공지능의 역사를 새롭게 써나가고 있다.

그런데 앞에서 추정했듯이 이 모든 게 1997년 5월 11일을 기점으로 시작되었다. 이때부터 서양은 인공지능을 미래 인류 문명으로 만들기 위해 전력을 다하기 시작했다. 18세기 후반에 증기기관을 개량해서 1차 산업혁명을 일으키고 새로운 문명의 시대를 열었던 것처럼 말이다.

'딥블루', '왓슨', 그리고 '슈퍼비전'

서양의 이런 노력은 2011년과 2012년에 큰 빛을 발했다.

먼저 2011년을 보자. 이해에 IBM이 만든 인공지능 왓슨Watson이 역사·철학·문학·과학·예술 등 다양한 분야의 지식을 묻는 미국의 유명 TV 퀴즈쇼 〈제퍼디!Jeopardy!〉에 출전했다. 이때 많은 전문가들이 〈제퍼디!〉에 출전했거나 우승한 경험을 가진 사람들의 말을 근거로 들면서 이렇게 단언했다.

"〈제퍼디!〉의 문제들은 단순히 지식이 많다고 풀 수 있는 게 아니다. 출제자 입장에서 문제를 이해하고 분석할 수 있어야 하는 것은 물론이고, 이를 토대로 기존 지식들을 창의적으로 연결할 수 있어야 한다. 뿐만 아니라 어떤 문제들은 오직 참가자의 '감'으로 풀어야 한다. 참가자가 자신도 의식하지 못하는 사이에 순간적으로 답을 도출해낼 수 있어야 한다는 의미다. 이는 인간만이 가질 수 있는 능력으로, 기계인 인공지능은 불가능한 경지다."

그러나 결과는 두 인간 퀴즈 챔피언의 패배였다. 인공지능 왓슨은 〈제퍼디!〉에서 무려 74회나 우승하면서 '지식의 수호자'라는 별명을 갖고 있던 켄 제닝스와 〈제퍼디!〉 사상 최고 누적 상금 기록을 가진 브래드 러터를 가볍게 물리치고 승리했다. 이로써 인공지능은 지적 영역에서 공식적으로 인간을 앞서게 되었다.

2012년에는 인공지능 역사상 가장 충격적인 일이 벌어졌다. 1997년의 딥블루와 2011년의 왓슨은 인간이 입력해준 방대한 자료를 학습해서 인간을 이겼다. 이는 무슨 의미인가? 비록 두 인공지능이 인간을 뛰어넘긴 했지만 그 자체가 인간의 계획과 지도 아래 이뤄졌다는 것이다.

그런데 2012년 열린 '세계 최대 이미지 인식 경연대회ILSVRC'에 참가해서 압도적인 성적으로 우승한 인공지능 슈퍼비전Super Vision은

달랐다. 슈퍼비전은 스스로 학습하고 추론하고 판단하는 딥러닝 기술을 탑재하고 있었다.슈퍼비전은 '딥러닝의 아버지'라 불리는 제프리 힌턴이 이끄는 캐나다 토론토대학교 인공지능 연구팀이 만들었다.

이는 무슨 의미인가? 인공지능이 인간의 지배를 벗어났다는 것이다. 그럼 머지않아 인간보다 뛰어난 지적 능력을 가진 인공지능이 인간의 지배를 벗어난다면, 인간은 어떻게 될까? 인공지능의 지배를 받게 된다.

미국 · 캐나다 · 유럽 · 일본은 2012년에 출현한 딥러닝 기술의 의미를 깨닫고 경악했다. 그리고 국가 시스템을, 특히 교육을 인공지능 시대에 맞게 바꾸기 시작했다.[35] 즉 인공지능은 가질 수 없는 인간 고유의 능력을 가진 사람을 길러내는 시스템을 만들기 시작했다.

왜 한국에서 '알파고' 대국을 열었을까

앞에서도 말했지만 4차 산업혁명의 핵심은 인공지능이다. 그리고 인공지능의 핵심은 스스로 학습하고 추론하고 판단하는 능력이다. 그래야 인공지능이 인간을 뛰어넘을 수 있고, 거의 모든 분야에서 인간을 대체할 수 있기 때문이다. 한마디로 인공지능이 스스로 학습하고 추론하고 판단하는 능력을 가져야 진정한 의미의 인공지능 문명이 열릴 수 있다.

그런데 2012년 슈퍼비전이 딥러닝 기술을 선보이면서 인공지능이 스스로 학습하고 추론하고 판단하는 능력을 갖췄음을 증명했다. 서양은 이미 2012년에 4차 산업혁명의 핵심을 완성한 것이다. 그리고 4년 뒤 알파고를 한국으로 보내 우리로 하여금 인공지능에 눈을 뜨게 했다. 이제 인공지능 시대가 열렸고, 인공지능이 인간을 뛰어넘었고, 앞으로 인공지능이 새로운 인류 문명이 될 거라는 사실을 강렬하게 일깨운 것이다. 1차 산업혁명 때 일본으로 흑선을 보냈던 것처럼 말이다.

알파고 이후 한국에서 벌어진 일은 흑선 이후 일본에서 벌어진 일과 비슷했다. 우리는 서양이 만든 인공지능 질서에 편입되었고, 막대한 비용을 지불하면서 서양의 인공지능 지식과 기술을 구매하고 있다.

그런데 왜 하필 중국도 일본도 아닌 한국에서 알파고 대국이 열렸을까? 이유는 간단하다. 우리나라와 달리 중국과 일본은 2012년에 등장한 딥러닝 기술이 무엇을 의미하는지 잘 알고 있었기 때문이다. 하여 중국은 국력을 인공지능에 쏟기 시작했고, 일본은 150년 만의 교육혁명을 단행했다. 잠깐 중국과 일본 이야기를 하겠다.

중국은 본래 인공지능 불모지였다. 하지만 지금은 세계에서 인공지능 관련 논문을 가장 많이 발표한 국가이고, 미국 다음으로 인공지능 기업을 가장 많이 보유한 국가이기도 하다. 참고로 지난 20년간 중국에서 발표된 인공지능 관련 논문 수는 37만 건이고, 중국이 보유한 인공지능 기업은 1,011개다. 우리나라는 어떨까? 지난 20년간 발표한 인공지능 논문 수는 5만 2천 건이고, 보유한 인공지능 기업은 26개다.[36]

그렇다면 중국에서 인공지능 논문과 기업이 폭발적으로 늘어나기 시작한 때는 언제일까? 논문은 딥블루의 승리가 있었던 1997년부터이고, 기업은 딥러닝을 탑재한 슈퍼비전의 우승이 있었던 2012년부터다. 지금도 중국은 국가의 온 힘을 인공지능에 집중시키고 있다.

일본은 노벨상 수상자를 28명이나 배출한 나라답게[37] 이미 1982년부터 '제5세대 컴퓨터 프로젝트'라 불리는 인공지능 개발 프로젝트를 국가 주도로 10년 동안 실행했다. 그러나 인간처럼 생각하는 인공지능 컴퓨터를 만들고자 한 이 프로젝트는 실패로 끝났다.

하지만 일본은 인공지능 기술 개발을 멈추지 않았고 오히려 더 열심히 했다. 그 결과 1998년에는 세계 최초로 인공지능 로봇 애완견을 만들어내기까지 했다.[38] 이후로도 일본은 인공지능 기술에 있어서 첨단을 달렸다. 하지만 그뿐이었다. 일본은 서양을 이기지 못했으며, 도리어 날이 갈수록 서양에 종속되고 있다. 이는 당연한 결과다. 서양은 오랜 역사를 통해 문명적 의미의 인공지능 개념·지식·기술·철학 등을 가지고 있지만 일본은 그렇지 못하기 때문이다.

일본은 이 사실을 2012년에 딥러닝을 만나고 강하게 깨달은 것 같다. 아니, 앞으로 새로운 인류 문명이 될, 스스로 학습하고 추론하고 판단하는 인공지능을 만든 서양의 근원적 힘을 비로소 깨달은 것 같다. 그것은 앞에서도 말했듯이, 교육이다. 주입식 위주의 동양식 교육과 전혀 다른! 그래서 일본은 150년의 역사를 가진 기존 교육을 폐기하고 2013년에 서양의 바칼로레아를 받아들이는 인공지능 교육혁명을 단행했다.

다시 알파고 이야기로 돌아가자. 서양은 중국과 일본에 이어 한국도 서양의 인공지능 지식과 기술을 도입하길 원했기에 한국에서 알파고 대국을 열었다. 한국이 인공지능에 국가의 부를 쏟기 시작하면 철도·전기·자동차·선박·비행기·컴퓨터·스마트폰 때 그랬던 것처럼 동남아시아·중앙아시아·중동·아프리카 등도 인공지능에 국가의 부를 쏟게 될 테니 말이다. 사실 서양은 1차 산업혁명 때뿐 아니라 전기·자동차 등으로 대표되는 2차 산업혁명과 컴퓨터·인터넷 등으로 대표되는 3차 산업혁명을 일으킨 뒤에도 새로운 시대가 시작되었음을 동양에 알렸고, 동양으로 하여금 막대한 돈을 지불하고 서양의 새로운 지식과 기술을 사게 했다. 그리고 이제 4차 산업혁명의 핵심을 완성한 후 알파고를 한국으로 보낸 것이다.

아마도 청소년 여러분은 알파고 대국에 숨겨진 의미를 알고 놀라움과 씁쓸함을 느낄 것이다. 나도 이 내용을 쓰면서 마음이 좋지 않다. 하지만 나는 믿는다. 여러분이 지금부터라도 인공지능 시대를 적극적으로 대비한다면, 인공지능 시대를 이끌어나갈 수 있도록 준비한다면, 자동차·선박·반도체 등에서 그랬던 것처럼 우리나라도 인공지능 시대의 거인이 될 수 있다고.

인류의 미래 문명, 인공지능

내가 보기에 인공지능은 딥블루를 기점으로 과학의 한 분야에서 인류 미래 문명으로 거듭났다. 그리고 슈퍼비전을 기점으로 현대 인류 문명의 기초로 자리 잡았다.

아직도 인공지능을 SF 정도로 생각하는 사람들은 내 말에 동의

하지 못할 것이다. 하지만 조금만 살펴보면 인공지능이 이미 우주·항공·로봇·선박·자동차·전기·전자·건설·의료·통신·교육·에너지·환경·교통·가전 등 거의 모든 산업 분야에서 활용되고 있음을 알 수 있다.[39] 우리는 이미 인공지능이 없으면 무엇도 할 수 없는 시대를 살고 있다.

지금까지는 인공지능이 인류의 좋은 도구 역할을 충실히 수행했다. 인류에게 위협이 되지 않았다는 의미다. 그러나 앞으로는 다르다. 늦어도 10년 뒤부터 인공지능이 인간의 지능을 초월하기 시작할 것이고, 인류의 역사는 인공지능이 주도하는 새로운 문명의 시대로 접어들 것이다.

불행 중 다행은 인공지능이 모든 면에서 인류를 초월하지는 못하며, 주로 지식·정보·기술 분야에서 인류를 압도한다는 것이다. 이는 무엇을 의미하는가? 지식·정보·기술보다 우위에 있는 능력, 즉 '공감 능력'과 '창조적 상상력'을 가진 사람들은 인공지능 시대를 이끌게 된다는 것이다.

지금 여러분은 새로운 문명 시대를 맞을 준비가 되어 있는가? 부디 여러분이 5년 후, 10년 후를 대비하여 인공지능 시대에도 삶을 주도적으로 행복하게 꾸려갈 수 있기를 바란다.

Part 2

10년 뒤, 인간의 자리가 있을까

-

인공지능에게 지시를 내리는 사람

VS

인공지능의 지시를 받는 사람

이 순간에도 인간의 일자리가 사라지고 있다

청소년 여러분은 이런 말을 자주 들어봤을 것이다.

"공부를 열심히 해야 한다. 그래야 좋은 대학에 갈 수 있고, 사회적으로 인정받고 경제적으로 안정된 직업을 가질 수 있다."

실제로 지금 우리나라의 정치·경제·행정·문화·교육·국방 등 각 분야에서 국가 정책을 만들고 집행하는 사람들, 또는 기업·학교·법원·병원·약국·시청 등 각 영역에서 전문직으로 일하는 사람들은 학창시절 내내 치열하게 공부하다가 시험에서 높은 성적을 올렸다는 공통점을 가진다. 지금의 국가와 사회는 '지식'의 달인들이 이끌어가고 있다는 것이다. 이런 이유로 우리나라는 공부, 즉 지식이 국가와 사회는 물론이고 가정의 중심까지 된 느낌이다. 한 사람 한 사람의 꿈과 재능보다 학교 성적을 삶의 우선순위에 두는 것 같아 안타깝기 그지없다.

그런데 만일 여러분이 하는 공부가 지금의 힘을 잃게 된다면, 그러니까 시험 성적이 좋다는 이유 하나로 사회적으로 인정받거나 경제적으로 안정된 직업을 가질 수 없다면 어떻게 될까?

'인공지능을 주제로 하는 책에서 갑자기 왜 공부 이야기를 하는 거지?' 아마도 여러분은 이런 궁금증이 들 것이다. 그 이유는 앞으로는 여러분이 지금 알고 있는 의미의 공부가 사라진 세상에서 살아야 할 가능성이 매우 높기 때문이다. 미국·유럽·일본은 이 사실을 잘 알고 있다. 그래서 그들은 계속 대비를 해왔고 앞으로도 대비해갈 것이다.

'켄쇼', 트레이더 598명을 해고로 몰다

인공지능 슈퍼비전이 '세계 최대 이미지 인식 경연대회'에서 압도적인 승리를 거둔 지 1년 뒤인 2013년의 일이다. 대니얼 내들러라는 청년이 '켄쇼 테크놀로지'라는 인공지능 스타트업을 만들었다. 이 회사는 딥러닝 기술을 탑재한 인공지능을 실용화시킨다는 목표를 가지고 있었다.

그리고 얼마 뒤 켄쇼 테크놀로지의 인공지능 켄쇼Kensho가 세계 금융의 중심지인 월 스트리트의 최대 금융투자 기업 골드만삭스 뉴욕 본사에 입사했다. 신입사원 켄쇼는 먹지도 쉬지도 않았고 퇴근도 하지 않았다. 고객에게 불친절하거나 동료와 사이가 나쁘거나 상사에게 불평하는 일도 없었고, '과연 이 일이 내 적성에 맞는가?'라는 고민도 없었다. 그저 24시간 내내 천재 수준의 집중력을 발휘해서 오직 일만 했다.

그 결과 켄쇼는 당시 월 스트리트에서 가장 많은 연봉을 받던 600명의 트레이더가 한 달 가까이 처리해야 하는 일을 고작 3시간 20분 만에 끝낼 수 있었다.[1] 그것도 600명을 합한 것보다 몇 배는 일을 더 잘해서 회사에 막대한 이익을 안겨줬다. 그러자 회사에서 할 일이 없어진 598명의 트레이더가 짐을 싸야 했다. 그렇다면 남은 두 명은 인공지능보다 일을 잘해서 해고를 피할 수 있었을까? 아니다. 인공지능의 업무를 보조할 인력이 필요했기 때문이다. 한마디로 남은 두 명은 인공지능의 지시를 받는 처지로 전락했다. 세계에서 공부를 가장 잘하는 사람들, 특히 아이비리그에서 우수한 성적을 올린 수재들로 가득한 월 스트리트에서 이런 일이 벌어지다니 놀랍지 않은가?

인공지능 켄쇼의 위력을 경험한 월 스트리트의 투자 회사들은 골드만삭스를 따라 인공지능을 도입했고, 임직원들을 내보내기 시작했다. 그러고는 골드만삭스가 2015년에 "우리는 더 이상 금융 투자 기업이 아니다. 인공지능 기업이다"[2]라고 선언한 것처럼 회사의 정체성을 '금융투자'에서 '인공지능'으로 바꿔나가기 시작했다. 하여 지금 월 스트리트에서는 인간이 하던 일의 90% 정도를 인공지능이 하고 있다. 나머지 10%도 인공지능이 조금씩 대체하는 중이다. 인공지능 켄쇼가 골드만삭스에 입사한 2014년[3]부터 월 스트리트에서는 인공지능이 인간의 지배를 벗어나 인간을 지배하기 시작한 것이다.

여러분은 이 사건이 월 스트리트에 국한된 것이니 걱정할 필요 없다고 할지도 모르겠다. 하지만 그렇지 않다. 한번 생각해보자. 여러분이 미세먼지 농도를 확인할 때나 처음 가보는 장소의 위치를 미리 알고 싶을 때, 스마트폰을 보는가 아니면 사람에게 묻는가? 아마도 스마트폰을 선택할 것이다. 다른 많은 일을 할 때도 마찬가지다. 즉 우리는 겉보기에는 스마트폰의 주인이지만 자신도 모르는 사이에 스마트폰에 종속되어 있다. 인공지능 중에서도 가장 약한 인공지능을 탑재한 스마트폰에게 말이다. 이렇게 보면 우리는 인공지능에게 지배당하고 있다고 할 수 있다.

서양에서는 이미 많은 곳에서 인공지능이 인간을 대체하고 있기에 직장을 잃는 사람들의 수도 그만큼 늘고 있다. 그리고 직장에 남은 사람들은 인공지능에게 지배당하고 있다. 이는 〈터미네이터〉 같은 SF 영화에서 기계가 인간을 공격하는 식의 지배를 말하는 것이 아니라, 인간이 자신보다 월등한 업무 처리 능력을 가지는 인공지능을 인정하고 함께 일한다는 의미다. 월 스트리트에서 시작된 이 거대한 변화, 즉 인공지능 쇼크는 미국과 유럽을 거쳐 일본과 중국에 상륙했고, 이제 곧 우리나라를 비롯하여 전 세계가 그 쇼크를 경험할 것이다.

1·2·3차 산업혁명의 특징은 새로운 일자리가 폭발적으로 늘었다는 것이다. 특히 좋은 학력을 가진 사람들의 연봉이 수직 상승했다. 3차 산업혁명인 컴퓨터혁명이 만든 무수한 일자리와 IT 기업들의 가파른 성장을 생각해보면 이해가 빠를 것이다.

4차 산업혁명은 기존 산업혁명들과 반대의 길을 가고 있다. 인공지능으로 대표되는 이 혁명은 기존 일자리를 폭발적으로 없애고 있고, 월 스트리트의 사례에서 알 수 있듯이 좋은 학력을 무용지물로 만들고 있다.

앞에서도 말했지만 지금까지 우리나라의 시스템은 학력을 기반으로 만들어졌다. 그래서 지금 이 순간에도 여러분이 공부에 매진하고 있는 것이다. 그런데 장차 여러분이 직업을 가질 무렵 인공지능이 의사·약사·변호사·판검사·교사·공무원·기업 임직원·세무사·회계사 등을 본격적으로 대체하기 시작하면 어떤 일이 벌어질까?

인공지능 의사와 인간 명의의 대결

2011년 TV 퀴즈쇼 〈제퍼디!〉에 출연하여 두 인간 챔피언을 상대로 압승을 거뒀던 인공지능 왓슨이 정확히 언제부터 의학 공부를 시작했는지는 잘 모르겠지만,[4] 최근에 알려진 바에 따르면 왓슨은 지난 몇 년 동안 이런 공부를 했다.

- 8,500개 이상의 의료기관이 축적한 의료 정보
- 120만 편 이상의 의학 논문
- 400만 건 이상의 제약 특허
- 1억 명 이상의 환자 정보
- 2억 명 이상의 생체 정보
- 300억 장 이상의 의료 이미지X-ray, CT, MRI 파일

인공지능 의사 왓슨의 공부를 인간과 비교해보자. 제아무리 천재적인 학습 능력을 가진 인간 의사라 한들 지금까지 왓슨이 공부한 1만분의 1이라도 따라갈 수 있을까? 게다가 인간 의사와 달리 왓슨은 한 번 공부한 것은 절대 잊어버리지 않으며, 공부한 의학 지식을 불러내는 데 0.1초도 걸리지 않는다. 한마디로 '의학 공부'에 있어서 인간 의사들은 인공지능에게 완패할 수밖에 없다.

왓슨이 의학 공부만 한 것은 아니다. 세계 최고 수준의 암 전문의들이 모여 있다는 미국 메모리얼슬론 케터링 암센터에서 레지던트로 암환자 진료에 참여한 것을 시작으로, 미국·캐나다·네덜란드·중국·인도·한국 등 여러 나라의 병원에서 인간 의사들과 함께 의료 행위를 해오고 있다.

미국 종양학회에 따르면 인간 의사들의 암 진단 정확도는 80% 수준이라고 한다. 왓슨은 어떨까? 방광암 91%, 췌장암 94%, 대장암 98%, 자궁경부암 100%다. 특히 폐암 진단의 경우 50%에 불과한 인간 의사들보다 무려 40%나 높은 90%의 정확도를 자랑한다.[5] 이처럼 의료 기술의 정점인 암 진료에서 왓슨은 이미 인간 의사들, 그것도 세계 최고 수준의 의사들을 뛰어넘었다.

의료 현장에서 뛰어난 활약을 하고 있는 인공지능은 왓슨만이 아니다. 벌써 몇 년 전부터 세계 각국에서 인공지능 의사들이 인간 의사들을 압도하고 있다. 다음은 대표적인 사례들이다.

- 미국 최고의 방사선과 의사 네 명과 미국의 인공지능 스타트업 엔리틱Enlitic이 개발한 인공지능 의사가 환자들의 폐를 촬영한 CT 영상을 보고 암을 진단했다. 이때 인간 의사들은 평균 7%의 실수를 했다. 100건 중 7건은 폐암 진단을 놓친 것이다. 반면 인공지능 의사의 실수는 0%였다.[6]
- 구글의 딥마인드가 개발한 인공지능 안과 의사는 세계 최고 안과 병원인 영국 무어필즈 안과 병원 전문의들을 고작 18개월 만에 뛰어넘었다. 과학저널 〈네이처 메디신〉에 따르면 인공지능 안과 의사의 진단 정확도는 94.5%다. 반면 세계 최고의 안과 전문의들의 진단 정확도는 인공지능 의사에 비해 적게는 1.2%, 많게는 18.6%나 낮다.
- 독일 하이델베르크대학교 연구팀은 인간 피부과 의사 58명과 포토파인더 시스템즈FotoFinder Systems에서 개발한 인공지능 피부과 의사의 피부암 진단 정확도를 비교했다. 결과는 95%의 정확도를 보인 인공지능 피부과 의사의 승리였으며, 인간 의사들의 정확도는 86.6%였다.[7]
- 건국대학교병원 정형외과 정석원 교수팀이 개발한 인공지능 의사는 어깨 골절 진단 정확도가 96%로, 인간 정형외과 의사들보다 뛰어난 것으로 밝혀졌다. 놀랍게도 인공지능 의사의 진단 정확도는 골절 형태가 복잡할수록 더 높은 것으로 나타났다.

그렇다면 환자들은 인공지능 의사를 어떻게 여길까?

2016년 인공지능 의사 왓슨을 도입한 가천대학교 길병원이 그해 말 암환자 100명을 대상으로 "만일 인간 의사와 인공지능 의사가 서로 다른 처방을 내린다면 어떻게 할 것인가?"라고 물었다. 그러자 100명 모두 "인공지능 의사의 처방을 따르겠다"고 답했다. 실제로 암환자들은 인간 의사와 인공지능 의사 왓슨의 치료법이 다르게 나오면 왓슨의 처방을 따랐다. 환자들은 왓슨이 미국 최고의 암센터에서 일할 때 1천 명의 환자 진료 기록을 분석하여 무려 300명의 환자들에게 인간 의사들이 놓친 암 치료법을 제시했다는 사실을 이미 알고 있었기 때문이다.

미국 서던캘리포니아대학교 연구진은 "환자들은 인간 정신과 의사와 인공지능 정신과 의사 중 누구를 더 편안하게 여기고 누구에게 더 속마음을 진솔하게 털어놓는가"에 대해 연구를 진행한 바 있다. 놀랍게도 환자들은 인간 의사를 더 불편해했고 인공지능 의사에게 더 솔직하게 자신의 고민을 털어놓았다. 치료 효과 또한 인공지능 정신과 의사가 인간 정신과 의사보다 월등히 높았다.

이런 추세라면 머지않은 미래에 많은 의사들이 인공지능에게 대체될 것이다. 그때가 되면 병원에서는 어떤 일이 벌어질까? 세계적인 석학들, 인공지능과 함께 진료 중인 의사들, 의료 인공지능 개발자들의 의견을 종합해보면 다음과 같이 예상된다.

- **명의名醫라는 단어가 사라진다.** 인공지능보다 뛰어난 인간 의사는 존재하지 않을 것이기 때문이다. 만일 미래에도 명의라는 단어가 남아 있다면 그건 인공지능 의사를 지칭하는 말일 것이다.
- **병원에서 인간 의사 고유의 업무가 대부분 사라진다.** 인공지능 의사에게 밀린 많은 인간 의사들이 병원을 떠날 것이기 때문이다. 반면 간호 업무는 상당 기간 인간 고유의 영역으로 남는다. 물론 체온을 재거나 주사를 놓는 등의 기능적 간호 업무는 인공지능에 의해 대체된다. 여기서 말하는 '간호'는 환자의 육체적 고통은 물론이고 심적 두려움과 불안까지 돌보는 것을 의미한다. 이제 병원에는 소수의 인간 의사와 인간 간호사, 그리고 다수의 인공지능 로봇들이 남는다.
- **의료 사고가 0% 수준으로 떨어진다.** 인공지능 로봇 의사는 완벽한 시력과 청력 등 뛰어난 감각을 가지며, 전 세계 병원의 데이터를 저장할 뿐 아니라 전 세계 인공지능 의사들과 실시간으로 소통하기 때문에 오진誤診을 할 가능성이 거의 0%다. 그리고 인공지능 의사는 컨디션이 나빠 수술에 집중하지 못하거나 잘못된 처방을 내리는 등 의료 사고를 저지르는 일이 없다.
- **모두가 인공지능 주치의를 갖는다.** 미래에는 인간이 사는 집 전체를 인공지능 시스템이 관리한다. 인공지능 의사는 이 시스템에 24시간 접속하

여 인간의 신체 컨디션을 체크하고, 이상한 기미가 보이면 즉시 알려주며 최고의 처방을 내린다.

3만 4천 건의 실수 vs '0건'의 실수

미국에서 여섯 번째로 우수하다는 평가[8]를 받고 있는 UCSF캘리포니아대학교 샌프란시스코캠퍼스 메디컬센터에서는 인공지능 약사가 6년 동안 40만 건 넘는 처방약을 조제했는데, 단 한 건의 실수도 없었다. 인간 약사는 평균적으로 100건을 조제할 때 약 1.7건을 잘못 조제한다고 한다. 만일 UCSF 메디컬센터에서 인간 약사가 40만 건을 조제했다면 약 6,800건의 실수가 있었을 것이고, 이 중 단 한 건이라도 대형 사고로 연결되었다면 생각만 해도 끔찍한 일이 벌어졌을 것이다.

리처드 서스킨드와 대니얼 서스킨드가 공저한 《4차 산업혁명 시대, 전문직의 미래The Future of the Professions》를 보면 2011년에 문을 연 미국의 한 약국 이야기가 나온다. 놀랍게도 이 약국은 인간 약사가 없고 인공지능 약사만 있는데 200만 건의 처방약을 조제하면서 단 한 건의 실수도 없었다. 만일 인간 약사였다면 어땠을까? 3만 4천 건의 조제 실수를 저질렀을 것이다.

중국은 2017년 후반부터 인간 약사를 인공지능 약사로 대체하는 프로젝트를 시작했다. 이를 조사한 블룸버그미국 미디어 기업는 이 프로젝트로 인해 약 40만 명에 달하는 중국의 인간 약사들이 인공지능 약사로 대체될 수 있다는 보고서를 내놓았다.

얼마 전에 방영된 우리나라 공중파 TV 다큐멘터리에 미국 5대 대학병원 조제실이 소개되었는데, 놀랍게도 인간 약사는 한 명도 없었고 인공지능 약사만 있었다. 앞으로 미국의 모든 대형 병원의 조제실이 이렇게 바뀔 것이라고 한다. 이런 변화는 중소형 약국, 전 세계 약국으로 확산될 것이다. 물론 인공지능 약사가 가질 수 없는 인간 고유의 능력을 가진 소수의 인간 약사들은 여전히 약국에 남아 있을 것이다.

더구나 인공지능 의사에게 그렇듯이 환자들은 인공지능 약사를 인간 약사보다 더 좋아하고 신뢰한다.[9] 단지 약을 실수 없이 조제하기 때문만이 아니라 100% 위생적으로 약을 조제하기 때문이다. 한번 생각해 보자. 인공지능 약사는 머리카락도 콧구멍도 입도 없고, 담배를 피우거나 화장실을 다녀오는 일도 없다. 물론 인간 약사들도 일반 사람은 비교할 수 없을 정도로 청결하고 위생적이지만, 인공지능은 육체를 가진 인간과 달리 존재 자체가 100% 위생적이다.

나는 환자들이 위생 때문에 인공지능 약사를 선호한다는 자료를 접하고 적잖이 당황했다. 어쩌면 앞으로 인간이 인공지능에게 대체되는 가장 큰 이유 중 하나가 '인간의 인간에 대한 불신' 때문일 수도 있겠다는 생각이 들었기 때문이다. 이건 정말이지 심각한 문제다. 단순히 인공지능 기술이 발달해서 인간을 대체하는 거라면 사회적 합의 등을 통해 이를 제한하거나 금지할 수 있겠지만, 인간이 인간을 불신하기 때문에 그렇게 되는 거라면 이를 제한하거나 금지할 사회적 합의를 이끌어내기가 어려워진다.

아무튼 우리 사회가 의사에 이어 가장 좋은 직업으로 꼽고 있는 약사 역시 앞으로 인공지능에게 대체될 것은 분명해 보인다.

'리걸테크', 변호사와 판사도 대체되고 있다

미국의 에릭 루미스는 총격 사건에 쓰인 차량을 몰다가 체포되어 징역 6년형을 선고받았는데, 심히 억울했다. 예상과 달리 형량이 무겁게 나온 이유도 있었지만, 인공지능에게 재판을 받았다는 사실이 더 큰 억울함을 느끼게 했다. 이 재판을 주도한 인공지능은 미국 스타트업 기업 노스포인트가 만든 인공지능 컴퍼스Compas다. 인간 검사와 인간 판사는 컴퍼스가 제출한 자료 및 의견을 토대로 재판을 진행했고, 구형 및 선고까지 했다. 에릭 루미스는 즉각 항소

했다. 항소이유서의 주 내용은 인공지능이 인간을 재판한 것은 부당하기 때문에 이를 파기하고, 인간 판사가 다시 재판을 진행해야 한다는 것이었다. 하지만 미국 대법원은 "인공지능의 의견을 근거로 한 원심 법원의 선고는 타당하다"며 에릭 루미스의 항소를 기각했다.

영국의 셰필드대학교와 유니버시티 칼리지 런던UCL은 미국의 펜실베이니아 주립대학교와 함께 인공지능 판사를 개발했다. 비록 초보 수준의 인공지능 판사지만 판결의 정확도는 무려 79%에 달한다. 충격적인 사실은 이 판결 정확도가 세계에서 가장 어려운 재판을 한다는 유럽인권재판소ECHR의 실제 판결과 비교한 것이라는 점이다. 즉 인공지능 판사는 인류 최고의 판사들과 비교해서 뒤떨어지지 않는다.

2018년, 우리나라 대법원은 2020년까지 개인 회생·파산 재판에 인공지능을 도입하겠다고 발표했다. 물론 처음엔 인간 판사의 지휘·감독하에 인공지능 재판 시스템이 운영될 것이다. 하지만 본격적으로 인공지능 판사가 도입되는 순간부터는 인간 판사를 뛰어넘으리라 예상된다.

로펌 같은 법률 회사에서 인공지능에게 법률 업무를 맡기는 것을 가리켜 리걸테크legaltech라고 한다.[10] 미국의 경우 2011년부터 리걸테크가 시작되었고, 2018년 기준으로 1,400개 넘는 법률 회사에서 인공지능에게 법률 업무를 맡기고 있다.

로스Ross는 IBM의 왓슨을 기반으로 만들어진 세계 최초의 인공지능 변호사로, 2016년 5월에 뉴욕의 한 로펌에 입사했다. 100년 넘는 역사를 자랑하는 대형 로펌인 베이커 앤드 호스테틀러Baker&Hostetler였다. 로스는 미국이 독립한 1776년부터 현재까지, 그러니까 약 245년 동안 미국에서 생성된 모든 법률 문서를 저장하고 있고, 그 문서들을 1초에 10억 장씩 불러내서 읽고 분석하고 적용하는 능력을 가지고 있다. 덕분에 로스는 뉴욕 최고의 인간 변호사들이 며칠에 걸쳐 처리하는 법률 업무를 단 몇 초 만에 끝낼 수 있다. 하여 미국의 대형 로펌들은 로스를 계속 구매해서 변호사 업무를 맡기고 있다. 미래에 우리는 미국의 로펌에서 인간 변호사를 과연 얼마나 볼 수 있을까. 모르긴 해도 지금과 비교하면 터무니없을 정도로 적은 수일 것이다.

최근에 영국 법률 회사 렉수LEXOO의 CEO 대니얼 빈스베르겐은 언론 인터뷰에서 이렇게 말했다.

“인간 변호사가 300건을 처리하는 동안 인공지능 변호사는 60만 건을 처리한다. 덕분에 우리 로펌은 인건비를 80%나 줄일 수 있었다. 이제 우리는 더 이상 인간 변호사를 뽑지 않고 있다.”[11]

2018년 2월, 한국 최초의 인공지능 변호사 유렉스U-LEX가 법무법인 대륙아주에 입사했다. 유렉스는 인공지능답게 인간 변호사가 비서 여러 명과 몇 달씩 매달려야 하는 법률 업무를 고작 20~30초 만에 끝낸다. 중요한 사실은 현재 유렉스의 능력은 이제 걸음마 단계에 불과하다는 점이다.[12]

아마도 여러분 중에는 이런 현실을 인정하기 어려운 친구들도 있을 것이다. 비록 법률 문서를 기계적으로 분석하고 적용하는 속도에 있어서는 인간이 인공지능에게 완패할 수밖에 없지만, 법률 문서를 토대로 향후 발생할 가능성이 있는 법적 문제들을 예측하고 해결책을 제시한다거나, 인간 판사가 진행하는 재판의 결과를 예측해서 변론을 준비하는 등의 행위는 인간 고유의 상상력과 추론 능력 등이 필요하기에 인공지능이 절대로 인간을 이길 수 없다고 말이다.

실제로 최근에 위와 같은 의견을 가진 변호사들 중 일부가 인공지능 변호사와 대결을 벌였다. 미국에서는 20명의 인간 변호사들이 로지스Logis라는 인공지능 변호사와, 이스라엘에서도 20명의 인간 변호사들이 로긱스LawGeex에서 개발한 인공지능 변호사와, 영국에서는 100명의 인간 변호사들이 케이스 크런처 알파Case Cruncher Alpha라는 인공지능 변호사와 맞붙었다. 결과는 인간 변호사들의 참패였다.

미국 컬럼비아대학교 연구팀과 영국 워릭대학교 연구팀[13]에 따르면 인간 판사들은 충동적·편향적으로 재판하기도 한다. 물론 인공지능 법률가가 무조건 공정한 것은 아니다.[14] 그렇다 해도 두 연구팀이 제시한 사례들을 보면 인공지능과 인간의 차이를 한눈에 이해할 수 있다. 대표적인 예로 법정에서 그날 맨 처음 재판을 받는 세 명의 석방 확률은 맨 마지막으로 재판을 받는 세 명보다 2~6배 이상 높다고 한다.[15] 또한 미국에 망명을 신청한 사람들의 망명 허가 여부는 어떤 판사를 만나느냐에 따라 결정되는데, 판사들의 망명 허가 비율이 10%에서 90%에 이를 정도로 제각각이었다. 다른 나라 판사들의 업무 공정성은 어떨까? 거의 비슷할 것이다.

하지만 인공지능 판검사는 편견과 차별에 기반한 수사와 재판을 하지 않을 것이고, 재벌이나 정치가 등에게 압력을 받아 사건을 어느 한쪽에 유리하게 처리하지도 않을 것이다. 게다가 인간이라면 몇 개월에서 몇 년을 끌 재판을 인공지능은 빠르면 몇 초 안에, 늦어도 하루 안에 끝낼 것이다. 그럼에도 인공지능이 작성한 판결문은 인간이 한 것보다 몇 배는 완벽할 것이다.

지금은 비록 걸음마 수준이지만 서양을 중심으로 변호사들이 인공지능에게 대체되고 있다. 변호사의 대체가 어느 정도 끝나면 어떤 일이 벌어질까? 판검사의 대체가 시작될 것이다. 물론 모든 인간 판검사가 인공지능에게 대체되지는 않을 것이고, 10~20%에 해당하는 사람들은 법원과 검찰청에 남을 것이다. 그리고 그들은 두 그룹으로 나뉠 것이다. 인공지능 판검사에게 지시를 내리는 그룹과 인공지능 판검사의 지시를 받는 그룹으로 말이다.

전 세계에서 진행 중인 '인공지능 교사 프로젝트'

호주의 세인트피터스 여학교 유치원에서는 인공지능 교사 아이다Ada가 아이들에게 알파벳·숫자 같은 지식 교육은 물론이고 노래·그림·요가·체조 같은 예술 교육과 체육 교육까지 하고 있다. 놀이 교육은 말할 것도 없다.[16]

중국에서는 200개 넘는 유치원에서 키코Keeko라는 인공지능 교사가 활약하고 있다.2017년 기준 키코는 아이들과 대화하는 것은 물론이고 책을 읽어주고 산수까지 가르친다. 또한 아이들과 함께 노래하고 춤추고 게임까지 한다.[17]

일본 교육부는 초등학교 교사들의 영어 회화 실력을 원어민 수준으로 올려 학생들을 가르치기 위해 많은 노력을 해오다가 더 쉬운 방법을 생각해냈다. 인공지능 교사를 교실에 배치하여 영어를 가르치는 것이다. NHK는 '인공지능 영어 교사 프로젝트'가 2019년 4월부터 전국 500개 초등학교를 대상으로 시범적으로 실시된다고 보도했다.

핀란드 남부에 위치한 탐페레시市의 초등학교들은 인공지능 교사 엘리아스Elias에게 어학 교육을 맡기고 있다. 엘리아스는 23개 국어를 가르칠 수 있는데, 아이들의 학습 수준을 분석하여 각 아이에게 가장 적절한 방법으로 교육한다.[18]

뉴질랜드에서는 세계적인 석학들의 교수·학습법을 탑재한 에이미Amy라는 인공지능 교사를 인공지능 시범학교들에 배치하여 수학을 가르치게 하고 있다. 에이미는 학생들이 수학을 못한다고 해서 실망스러운 표정을 짓거나 자존감을 꺾는 말을 하거나 학생을 포기하지 않는다. 대신 에이미는 학생들이 실수하거나 틀린 부분을 정확히 짚어주고, 학생들이 이해할 때까지 쉽고 친절하게 설명해 준다. 한마디로 에이미는 학생들이 가장 이상적으로 생각하는 수학 교사의 역할을 해내고 있다.

미국 보스턴 공립학교는 인공지능 지보Jibo를 개발한 MIT 미디어랩의 신시아 브리질 교수팀과 학습이 부진한 학생들, 특히 글을 읽지 못하는 고등학생들을 대상으로 교육 프로젝트를 진행했다. 지보에게 교사 역할을 부여해서 아이들을 지도한 결과는 대성공으로,

아이들은 학습 능력이 월등하게 향상되었다.

미국 애리조나 주립대학교에서는 6만 5천 명에 달하는 학생들을 대상으로 인공지능 교육 프로젝트를 실시했다. 수학·생물학·경제학 등의 과목을 인공지능에게 배우도록 한 것이다.[19] 결과는 놀라웠다. 고등학교 때 수학을 포기했던 학생들의 수학 실력이 평균 28%나 향상되었다. 생물학 시험 탈락률은 20%에서 1.5%로 줄었고, C학점 미만의 비율도 28%에서 6%로 줄었다. 경제학도 C학점 미만 비율이 38%에서 11%로 줄었다.

1982년부터 자폐 아동 치료를 연구해온 미국 텍사스 주립대학교 패멀라 롤린스 교수팀은 인공지능 기업 로보카인드RoboKind와 함께 자폐 아동들을 위한 인공지능 교사 마일로Milo를 개발했다. 마일로는 자폐 아동들의 감정 조절 능력, 공감 능력, 사회적 관계 능력 등의 향상을 돕는데, 전통적인 교육법의 치료 효과 3%보다 무려 23배나 높은 70%의 치료 효과를 보여주고 있다. 실제로 마일로를 학교에 도입하여 자폐 아동들을 교육하고 있는 텍사스주의 키프KIPP 초등학교 교장 케이티 힐은 이렇게 말했다.

"마일로를 만난 아이들은 즉각적인 변화를 보여줬다. 자기 절제력이 크게 향상되었고, 사회적 상호작용 또한 놀라운 개선을 보였다."[20]

2018년 기준으로 마일로를 도입한 미국의 학교는 무려 300개에 이른다.[21]

스페인은 왓섬앱WatsomApp에서 개발한 인공지능 상담 교사 '스노우'와 '큐보원'에게 교내 따돌림 문제를 맡기고 있다. 두 인공지능 교사는 4천 명 넘는 학생들을 상담한 뒤 보고서를 작성했고, 학교 측은 이를 토대로 따돌림 문제를 40%나 해결했다. 스페인은 스노우와 큐보원의 성공 비결을 이렇게 밝혔다.

"학생들은 인공지능을 친구나 선생님보다 더 편안하게 느끼고 더 친근하게 여긴다. 덕분에 학생들은 인공지능에게 자신의 비밀을 솔직하게 털어놓고 있다."[22]

동국대학교 신나민 교수팀은 〈한겨레〉와 서울·경기 지역 초·중·고 학생 749명을 대상으로 '인공지능과 미래 교육'에 대한 설문조사를 했다. 학생들은 "만약 인공지능이 담임선생님이 된다면, 높임말을 사용할 것인가"라는 설문에 무려 71.1%가 "예"라고 대답했다. "인공지능 교사가 내주는 숙제를 해올 것인가"라는 설문에는 69.6%가 "예"라고 답했고, "친구와의 화해 등 인공지능 교사가 시키는 교우 관계 지시를 따를 수 있는가"라는 설문에는 60.2%가 "예"라고 답했다.[23]

나는 다른 전문직과 달리 교사는 아이들과 정서적으로 소통하고 공감해야 하기에 인공지능에게 대체될 가능성이 가장 낮은 직업이라고 생각했다. 하지만 실제로 조사해보니 아이들은 인공지능 교사를 편안하게 여기고 신뢰하고 있었다.

한편 인공지능 교사가 가진 지식의 양은 상상을 초월할 정도다. "안녕"이라는 말을 가르치는 것을 예로 들면 인공지능 교사는 현존하는 모든 언어로 "안녕"이라는 말을 들려주는 것이 가능하고 심지어는 수메르어, 고대 그리스어, 중세 프랑스어 등으로도 "안녕"이라는 말을 가르쳐줄 수 있다. 게다가 이런 지식 교육을 세계적인 교육학자들의 연구 결과와 세계 최고 수준의 교사들의 교수법을 토대로 수업할 수 있다. 상담을 하거나 인성·도덕성·창의성 등의 교육을 할 때에도 마찬가지다.

어디 이뿐인가. 인공지능 교사는 지금 이 순간에도 전 세계에서 만들어지고 있는 최신 지식들은 물론이고, 전 세계에서 발표되고 있는 교육 논문, 교수법, 교육 사례 등을 실시간으로 학습하고 있다. 여기에 더해 학생 개개인의 성향을 파악하고 거기에 맞춰 교과 지도와 학습 상담을 하고, 교우 관계를 지도하고, 자립심과 협동심을 길러주고, 사회성을 향상시켜주는 등의 능력 또한 지속적으로 업그레이드하고 있다.

비록 인공지능 교사는 이제 막 개발되는 단계지만, 본격적으로 개발되어 학교 현장에 배치되면 어떤 일이 벌어질까? 교사들은 의사·약사·변호사·판검사와 똑같은 미래를 만날 것이다.

인공지능 시대에 가장 먼저 대체되는 직업들

이제 여러분은 우리 사회가 가장 좋은 직업으로 여기고 있는 의사·약사·변호사·판검사·교사가 사실은 인공지능에게 대체될 확률이 매우 높고, 이미 인공지능에게 대체되고 있다는 사실을 알게 되었을 것이다. 그렇다면 우리 사회에서 이 직업들 못지않게 좋은 직업으로 평가받고 있는 CEO·기업 임직원·공무원·회계사 등은 어떻게 될까?

인공지능 왓슨은 이미 세계 최고 수준의 경영진인 IBM 경영진을 상대로 경영 지도를 해오고 있다. 현재 전 세계적으로 왓슨보다 기업 경영 지식과 기업 경영 사례를 더 많이 알고 있는 존재는 없기 때문이다. 한편으로 미국의 여러 인공지능 기업들도 왓슨을 뛰어넘는, 그러니까 인간 CEO를 대체할 수 있는 인공지능을 개발 중이다. 인공지능을 연구하는 세계적인 석학들과 인공지능 전문가들의 말에 따르면 CEO의 주된 업무인 임직원 관리, 기업 이미지와 자본 관리, 시장 수요 예측과 판단, 투자 결정 등은 인공지능이 가장 잘

할 수 있는 일이라고 한다. 한마디로 CEO는 인공지능에게 대체될 가능성이 가장 높은 직업이다.

기업 임직원은 어떨까? 선진국에서는 많은 기업들이 인사관리 업무 전반을 인공지능에게 맡기고 있다. 인공지능은 특히 인사관리의 '공정성'에 있어서 인간과의 비교를 불허하는 수준이다. 우리나라에서도 SK C&C, 롯데그룹, LG하이프라자, 한미약품, JW중외제약, KCA 등이 인사관리 업무 중 하나인 '신입사원 선발'을 인공지능에게 맡기고 있다.[24] 인공지능 면접관은 입사지원서를 인간 면접관보다 100배 빠른 속도로 정확하게 검토할 수 있기 때문이다. 뿐만 아니라 면접을 진행할 때에는 인간 면접관은 알아차리기 불가능한 미세한 눈떨림이라든지 목소리 떨림, 얼굴색의 변화 등은 물론이고 심장 박동과 뇌파까지 체크한다. 한마디로 인공지능은 기업이 원하는 인재를 가장 객관적이고 과학적인 방법으로 빠르게 선발할 수 있다. 또한 선진국은 인사관리 외의 업무들도 인공지능에게 조금씩 맡기고 있으며, 우리나라 기업들은 선진국을 따라가고 있다. 미래에 기업은 어떤 모습일까? 아마도 인간의 자리는 거의 사라지고 그 자리를 인공지능 로봇들이 대신할 것이다.

일본 지바千葉시는 2017년 보육 관련 행정 업무에 인공지능 공무원을 투입하는 실험을 했다. 결과는 어땠을까? 인간 공무원 30명이 일주일 넘게 매달려야 하는 업무가 고작 몇 초 만에 끝났다.[25] 이 실험에서 증명된 인공지능의 효율성에 감탄한 일본의 지방자치단체들은 인간 공무원의 업무를 인공지능에게 맡기는 프로젝트를 진행 중이다. 우리나라에서도 '인공지능 행정 비서'와 '인공지능 정책 자문관' 같은 인공지능 공무원 프로젝트와 인간형 로봇 공무원을 시청·구청·주민센터·세무서·등기소 등에 배치하는 프로젝트를 추진하고 있다. 최근에 인사혁신처는 이런 발표를 하기도 했다.

"2030년까지 민원 담당 공무원 50% 이상, 경찰·소방 등 현장 공무원 25% 이상, 전문 직무 담당 공무원 25% 이상을 인공지능으로 대체한다. 이후 2045년까지 민원 담당 공무원 75%, 현장 공무원 50%, 전문 직무 담당 공무원 50%를 인공지능으로 대체한다."[26]

이런 추세라면 생각보다 빠른 미래에 현재 인간 공무원이 하고 있는 업무의 대부분을 인공지능이 하게 될 것이다.

회계사·세무사·관세사·변리사·감정평가사·보험계리사·재무분석사 등은 이미 몇 년 전부터 세계적인 연구기관들이 각종 보고서를 통해, 인공지능에 의해 거의 완벽하게 대체되거나 심지어는 직업 자체가 사라질 수 있다는 경고를 해오고 있는 실정이다. 국제통합보고위원회IIRC의 "4차 혁명시대 신新기업 보고서", 세계경제포럼WEF의 "4차 산업혁명 보고서", UN의 "미래보고서 2045" 등이 대표적이다. 우리나라에서도 한국고용정보원과 LG경제연구원 등에서 비슷한 발표를 했다.

나는 인공지능이 공부의 시대만큼은 이미 끝냈다고 말하고 싶다. 미래에는 인간이 초·중·고부터 대학교까지 공부를 열심히 해서 좋은 직업을 갖는다는 것은 별 의미가 없어 보인다. 그렇다면 도대체 인공지능은 왜 인기 있는 직업들을 무차별적으로 대체하는 것일까? 이유는 간단하다. 인공지능은 처음부터 그럴 목적으로 만들어졌다. 그러니까 인공지능은 학교에서 공부를 잘한 사람들을 대체하고 뛰어넘기 위해서 탄생했다. 이를 위해서는 인공지능이 스스로 학습하고 추론하고 판단하는 능력을 가져야 한다. 그런데 인공지능은 이미 그 능력을 갖췄음이 2012년에 증명되었다.

뒤에서 자세히 말하겠지만, 이제 청소년 여러분은 인공지능 시대를 살아가기 위해 '공감 능력'과 '창조적 상상력' 등 인공지능은 절대 가질 수 없는 인간 고유의 능력을 길러야 한다. 이 두 능력을 발휘하지 않아도 수행할 수 있는 업무는 결국 인공지능이 대신하기 때문이다.

그렇다면 인공지능은 언제부터 의사·약사·변호사·판검사·교사·CEO·공무원·회계사 등을 본격적으로 대체하기 시작할까?

"10년 뒤",
'21세기 에디슨'의 예언

레이 커즈와일은 세계 최고의 발명가이자 과학자이자 미래학자다. 사람들은 그를 '21세기의 에디슨'이라고 평하기도 한다. 특히 레이 커즈와일은 세계 최고의 미래 과학 기술 예측 전문가로, 지난 30년 동안 그가 예측한 147개의 미래 과학 기술 중 126개가 현실로 나타났다. 무려 86%에 이르는 적중률이다. 참고로 그는 월드와이드웹WWW, 검색엔진, 3D 프린터, 자율주행차 등을 예측했다.

레이 커즈와일의 미래 예측 중 가장 유명한 것이 '인간 게놈 프로젝트'다. 세계 최고의 과학자들이 인간 게놈을 100% 해독하겠다며 7년 동안 매달리고도 고작 1%밖에 해독하지 못했을 때다. 전 세계의 전문가들이 그동안의 진척 상황을 볼 때 앞으로 700년은 있어야 인간 게놈이 100% 해독된다며, 더 이상의 프로젝트 진행은 돈 낭비일 뿐이라며 공격하고 있었다. 이때 레이 커즈와일이 나섰다. 그는 자신만의 미래 예측 도구를 적용하여 인간 게놈 프로젝트를 분석했다. 그러고는 이렇게 발표했다.

"앞으로 7년 안에 나머지 99%가 해독된다."

사람들은 레이 커즈와일의 말을 믿지 않았지만 결과는 그가 예측한 대로 되었다. 아니, 그의 예측보다 더 빨리 인간 게놈이 100% 해독되었다.

'수확가속의 법칙', 기하급수적 성장의 무서움

레이 커즈와일이 미래 과학 기술 예측을 위해 사용하는 도구는 '수확가속의 법칙Law of Accelerating Returns'이다. 이 법칙의 핵심은, 과학 기술은 기하급수적으로 발전한다는 것이다. 좀 어렵게 표현하면 지수 함수적으로,[27] 그러니까 그래프가 어느 특정한 시점까지는 시간을 의미하는 x축의 밑바닥에 붙어서 곡선 아닌 곡선을 그리면서 가지만, 특이점을 통과하는 순간 폭발적으로 우상향하는 곡선을 그리면서 무한을 향해 간다는 것이다. 이를 표현하면 다음과 같다.

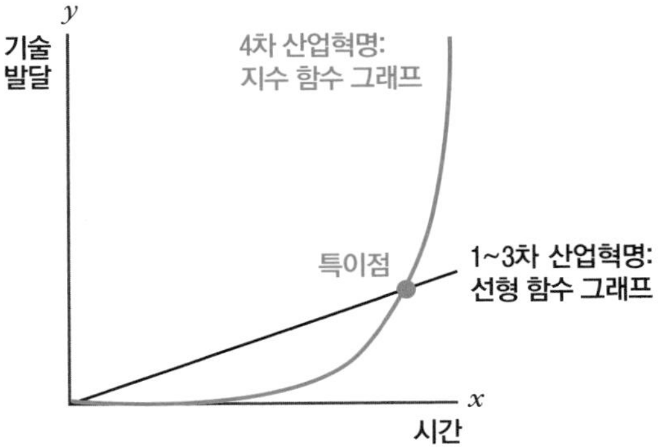

수확가속의 법칙의 핵심인 '기하급수적 성장' 개념은 고대부터 있었는데, 현대에 들어와서는 이 개념을 '종이 접기'를 통해 설명하고 있다.

A4 용지 1장의 두께는 0.1밀리미터다. 이를 1번 접으면 어떻게 될까? 두께가 두 배가 된다. 2번 접으면 두께가 네 배가 되고, 3번 접으면 여덟 배가 된다. 그럼 23번 접으면 어떻게 될까? 두께가 약 1킬로미터가 된다. 여기서 다시 7번 더 접으면, 그러니까 30번 접으면 두께가 약 100킬로미터가 되고, 여기서 다시 12번, 그러니까 42번 접으면 두께가 지구에서 달까지의 거리약 40만 6천 킬로미터를 초과약 44만 킬로미터하게 된다.

더 놀라운 사실이 있다. A4 용지를 51번 접으면 두께가 지구에서 태양까지의 거리를 초과하게 되고, 81번 접으면 안드로메다은하와 거의 같은 두께가 되고, 103번 접으면 우리가 관측 가능한 우주의 크기를 뛰어넘는 두께약 930억 광년가 된다. 믿기 어렵겠지만 수학적으로 증명된 사실이다.

반도체는 수확가속의 법칙이 다른 무엇보다 과학 기술에 가장 잘 들어맞는다는 것을 보여준다. 1965년 이후로 현재까지 반도체칩의 용량은 무려 270억 배나 증가했다. 덕분에 우리는 아폴로 13호에 탑재되었던 컴퓨터보다 성능이 훨씬 뛰어난 컴퓨터를 손에 들고 다니고 있다. 바로 스마트폰이다. 참고로 1960~1970년대에 지금 우리가 이용하는 스마트폰 수준의 컴퓨터를 만들려면 1조 원 넘는 예산이 필요했다고 한다.

그리고 2045년

레이 커즈와일은 수확가속의 법칙을 인공지능의 기술 발달에 대입시킨 뒤 다음과 같은 결과를 얻었다.[28]

- 2029년 인간의 지능을 초월한 인공지능이 나온다.
- 2045년 인류 전체의 지능을 초월한 인공지능이 나온다.

한마디로 올해2021년를 기준으로 앞으로 10년 안에 지금 이 글을 읽는 청소년 여러분은 물론이고 인간들 중 가장 우수하다고 평가받는, 그러니까 노벨상 수상자의 지능을 초월하는 기계가 등장하고, 약 25년 뒤면 우리가 SF 영화에서나 보던 뛰어난 지능을 가진 기계가 나온다는 것이다.

하지만 인공지능의 성지인 미국 실리콘밸리조차 레이 커즈와일의 이 발표에 부정적이었다. 앞으로 수백 년 뒤라면 모를까, 몇십 년 동안은 인류 전체의 지능을 초월한 인공지능은커녕 인간 수준의 인공지능도 만들 수 없다는 게 당시 전문가들의 공통된 의견이었다.

그런데 몇 년 전부터 실리콘밸리에서 레이 커즈와일에 대한 평가가 급격하게 바뀌기 시작했다. 빌 게이츠는 "인공지능의 미래를 가장 정확하게 예측할 수 있는 사람은 레이 커즈와일밖에 없다"며 열광적으로 추종하고 있고, 구글의 두 창업자는 레이 커즈와일을 자신들의 회사로 초빙하여 인공지능 프로젝트를 총지휘하게 하고 있다.

물론 레이 커즈와일이 틀렸을 수도 있다. 인간의 지능을 초월한 인공지능은 2089년, 인류 전체의 지능을 초월한 인공지능은 2299년이 되어서야 나올 수도 있다. 어쩌면 인류 전체의 지능을 초월한 인공지능은 영원히 나오지 못할 수도 있다. 하지만 레이 커즈와일 같은 미래학자가 연도까지 콕 집어서 이야기한다면, 그리고 빌 게이츠를 비롯한 실리콘밸리의 천재들이 이를 받아들이고 있다면, 여러분도 진지하게 생각해봐야 한다.

레이 커즈와일이 말한 2029년과 2045년이 인공지능이 의사·약사·변호사·판검사·교사 등을 대체하는 연도는 아니다. 그가 예측한 연도는 인공지능이 인간의 지능을 뛰어넘는 특이점에 관한 것이기 때문이다. 그렇다면 지식 교육 시대인 오늘날 각광받는 직업들이 인공지능으로 대체되는 때는 언제일까? 나는 이에 대한 답을 찾기 위해 해외 석학들과 연구기관들은 물론이고 우리나라 전문가들과 연구기관들이 발표한 자료들을 오랜 시간 분석하고 종합했다. 그리고 다음과 같은 결론을 얻었다.[29]

- 인공지능에 의한 전문직 대체는 이미 시작되었다.
- 인공지능에 의한 전문직 대체가 눈에 띄기 시작하는 때는 대략 2025년이다. 2025년부터 2035년 사이에 전문직의 10~30%가 인공지능에게 대체될 것으로 예측된다.
- 인공지능에 의한 전문직 대체가 본격적으로 이뤄지기 시작하는 때, 그러니까 전문직의 30~50%가 인공지능에게 대체되는 때는 2035년부터 시작될

것으로 예측된다.

- 2045년부터는 전문직의 80~90%가 인공지능에게 대체될 것으로 예측된다.

인공지능은 절대 가질 수 없는 인간 고유의 능력

2016년 11월, 도널드 트럼프 미국 대통령 당선자 앞으로 편지 한 통이 배달되었다. 발신인은 IBM 최고경영자 지니 로메티였다. 그녀는 편지 속에서 이렇게 말하고 있었다.

"대통령 당선자님, 이제 4년제 대학 졸업장은 무의미합니다. 화이트칼라의 시대가 끝났기 때문입니다. 화이트칼라는 앞으로 인공지능에게 대체될 것입니다. 블루칼라도 마찬가지입니다. 이제 뉴칼라New collar의 시대가 열렸습니다. 앞으로 미국 국민은 인공지능 교육을 받아야 합니다. 뉴칼라로 거듭나야 합니다."

관련 기사를 검색해보니 IBM은 이미 2011년부터 '뉴칼라 스쿨'

을 운영하면서 뉴칼라를 배출하고 있었다.[30] 그런데 IBM의 뉴칼라 스쿨은 실리콘밸리의 사립학교들처럼 '인공지능에게 대체되지 않는 나'를 만드는 교육, 그러니까 인공지능의 주인이 되는 교육을 한다기보다는 IBM 같은 인공지능 기업이 원하는 인재를 기르는 교육, 그러니까 인공지능 산업 종사자를 기르는 교육이라는 인상이었다.

물론 구舊시대 교육을 넘어선 뉴칼라 교육은 인공지능 시대를 대비하는 데 중요한 역할을 한다. 하지만 여기에는 치명적인 단점이 있다. 뉴칼라의 능력을 뛰어넘는 인공지능이 개발되면 그 즉시 대체된다는 것이다. 이는 일종의 '원리' 또는 '법칙' 같은 것으로, 일자리 문제나 코딩 교육에도 동일하게 적용된다.

전 세계적으로 인공지능 산업이 대규모로 일어나면 이 산업에 종사할 인간들 또한 대규모로 필요해지기 때문에 인공지능 시대에 인간 일자리는 오히려 폭발적으로 늘어난다고 예측하는 사람들도 있다. 이 말이 전적으로 틀린 것은 아니다. 그러나 이 예측은 "새롭게 생긴 일자리들도 인공지능에 의해 신속하게 대체된다. 인공지능 산업 관련 업무를 가장 잘할 수 있는 건 결국 인공지능일 테니까"라는 주장 앞에서 힘을 잃고 만다.

코딩도 마찬가지다. 사실 코딩이야말로 인공지능이 가장 잘할 수 있는 분야다. 코딩은 컴퓨터 프로그래밍이기 때문이다. 게다가 인공지능은 코딩 실력을 쉬지 않고 계속 향상시킬 수 있기에 인간은 아예 경쟁이 안 된다.

인공지능이 가장 잘하는 것은 '지식'과 '기술'을 쌓는 일이다. 인공지능은 잠을 자거나 음식을 먹거나 휴식을 취하지도 않고 지식과 기술을 축적한다. 인간은 이 두 영역에서 인공지능을 절대로 따라잡을 수 없다.

그렇다면 뉴칼라 교육과 코딩 교육을 받지 않아야 한다는 것인가? 아니다. 뉴칼라 교육과 코딩 교육은 인공지능과 컴퓨터 프로그래밍에 관한 '지식'과 '기술'을 제공하므로 4차 산업혁명 시대에 되도록 습득해야 한다. 단 인간 고유의 능력, 즉 '공감 능력'과 '창조적 상상력'을 갖추면서 습득해야 한다. 이 능력은 비유하면 '지혜'다.

'빅E'와 '미들E'와 '리틀E', 공감 능력의 실체

공감 능력이란 철학에서 나온 용어로, 타인의 생각과 감정을 타인의 입장에서 느끼고 이해할 줄 알고 이를 행동으로 옮기는 능력이다. 특히 고통받고 있는 사람들의 처지에 서서 생각하고 느낄 줄 알고, 그들의 고통을 덜어주기 위한 구체적인 행동을 할 줄 아는 능력이다.

공감 능력은 빅E Big empathy ability, 미들E Middle empathy ability, 리틀E Little empathy ability로 구분된다. 빅E는 인류 역사에 기록될 만한 이타주의적 삶을 사는 사람이 가진 공감 능력이다. 전쟁터의 비극을 목격하고 국제적십자를 창설한, 인류 최초의 노벨평화상 수상자 앙리 뒤낭이 가진 공감 능력이 대표적이다.

리틀E는 지역 사회에 영향을 미치는 이타주의적 삶을 사는 사람이 가진 공감 능력이다. 여러분이 사는 동네를 한번 둘러보면 저소득층 아이들을 위한 지역아동센터나 노숙인을 위한 무료 급식소 등을 운영하는 사람이 한 명쯤은 있을 것이다.

미들E는 빅E와 리틀E 사이에 있는 공감 능력이다. 지인 중에 《눈을 떠요, 아프리카》라는 책의 저자가 있는데, 미들E의 대표적인 사례다. 그는 겉으로 보면 한국에서 안과 병원을 운영하는 평범한 의사다. 하지만 그의 삶을 들여다보면 어떤 위대함이 보인다. 국제실명구호기구 '비전케어'를 설립한 후 전 세계 빈민촌을 돌면서 시력을 잃은 사람들을 치료하고 있기 때문이다. 참고로 비전케어가 지난 18년 동안 세계 38개국에서 진료하고 치료한 환자는 16만여 명이다. 이 중 2만 3천여 명이 개안수술을 통해 시력을 되찾았다.

《신약성서》에는 예수 그리스도가 들려주는 '선한 사마리아인' 이야기가 나온다. 그 내용은 이렇다. 유대인 제사장과 레위인이 바삐 성전을 향해 가고 있는데, 두 사람의 시야에 강도를 크게 당하고 길에 쓰러져 신음하고 있는 사람이 들어온다. 알고 보니 같은 유대인이다. 제사장과 레위인은 피해를 입은 동족을 돌봐야 한다는 사실을 잘 알고 자신들도 백성들에게 그 메시지를 전하곤 했지만, 어찌 된 일인지 둘 다 강도당한 사람 곁을 빠른 걸음으로 지나친다. 잠시 후 또 다른 사람이 길을 가다가 강도당한 유대인을 발견한다. 그는 유대인들이 경멸하는 사마리아인이었는데, 놀랍게도 즉시 나귀에서 내려 환자의 몸을 포도주와 향유로 소독해준 뒤 환자를 근처 여관으로 옮긴다. 뿐만 아니라 다음 날 그는 여관 주인에게 금화 두 개를 주면서 환자를 잘 돌봐주길 부탁하며, 비용이 더 들면 자신이 돌아와서 갚겠다고 말한다.

1970년에 프린스턴신학교에서 있었던 일이다. 장로교 목사가 되기 위해 준비 중이던 신학생들에게 '선한 사마리아인'을 주제로 설교를 하라는 과제를 줬다. 신학생들은 별관의 한 강의실에 모여서 설교를 준비해야 했고, 15분마다 한 명씩 시험장이 있는 본관 건물로 이동하여 시험관들 앞에서 설교해야 했다. 그런데 시험장으로 이동하는 길에 한 사람이 쓰러져 있었다. 그는 몸을 동그랗게 말고, 호흡이 곤란한지 가슴을 움켜쥐고서 격하게 기침을 하고 있었다.

사실 이것은 학교 측에서 몰래 준비한 '이타주의 실험'이었다. 실험 결과는 어떻게 나왔을까?

40명 중 34명이 쓰러진 사람을 못 본 체 지나쳤다. 그리고 시험관들 앞에서 "사람은 선한 사마리아인처럼 살아야 한다"고 설교했다. 오직 여섯 명의 학생만이 시험장으로 가던 발걸음을 멈추고 쓰러져 있는 사람을 도와줬다.

쓰러진 사람을 그냥 지나친 34명의 학생들은 공감에 대한 지식과 기술은 가지고 있지만 공감 능력은 없는 사람들이다. 만일 이들에게 공감에 대한 지식이 없었다면 '선한 사마리아인'을 주제로 설교를 준비할 수 없었을 것이다. 또한 그 지식을 말로 풀어내는 기술이 없었다면 '선한 사마리아인'을 주제로 시험관들 앞에서 설교할 수 없었을 것이다. 그런데 누누이 말했듯이 지식과 기술만 가진 사람은 인공지능에게 대체된다.

나머지 여섯 명의 학생은 어떨까? 이들도 인공지능에게 대체된다. 쓰러진 사람을 부축해서 병원에 데려가는 일은 앞으로 나올 인공지능 구호 로봇이 더 잘할 테니까 말이다.

하지만 여섯 명의 학생이 이 사건을 계기로 프린스턴신학교 내에 고통받는 사람들을 돕기 위한 단체를 만들고 실제로 지역 사회에 영향을 미치기 시작한다면,리틀E 더 나아가서 전 세계 신학교에 비슷한 단체를 만들어서 전 세계에 영향을 미치기 시작한다면,미들E 또는 인류의 역사에 영향을 미치는 위대한 이타주의적 삶을 살기 시작한다면빅E 어떨까? 인공지능이 이 세 종류의 삶을 흉내라도 낼 수 있을까? 절대 불가능하다.

창조적 상상력, '리틀C'의 땅을 걷고 '미들C'의 산을 올라라

창조적 상상력은 기존에 없던 것을 새로 만들어내거나 기존에 있던 것에 혁신을 일으키는 능력으로, 보통 빅C Big creative imagination, 미들C Middle creative imagination, 리틀C Little creative imagination 세 가지로 구분된다.

빅C는 인류 역사에 발자취를 남기는 수준의 창조적 상상력이다. 레오나르도 다빈치나 미켈란젤로 같은 천재들이 발휘한 창조적 상상력이라고 보면 된다. 리틀C는 다중지능 이론으로 유명한 하버드대 교수 하워드 가드너의 설명을 빌리면 "일상적인 문제 해결 능력과 변화에 대한 적응력"이다.[31] 미들C는 빅C와 리틀C 사이에 있는 창조적 상상력이다.

현실적인 관점에서 볼 때 평범한 사람들은 빅C보다는 미들C와 리틀C를 추구하는 게 좋다. 천재들의 창조적 상상력인 빅C와 달리 미들C와 리틀C는 적절한 수준의 자기 교육만 거치면 누구나 어렵지 않게 가질 수 있기 때문이다. 물론 그렇다고 평범한 사람들이 빅C를 추구하지 않아도 된다는 이야기가 아니다. 미들C와 리틀C는 빅C를 추구하고자 노력할 때 더욱 깊어지고 풍부해지기 때문이다. 이렇게 보면 인공지능 시대에 우리가 필수적으로 갖춰야 할 지혜는 리틀C라는 땅을 잘 걷고, 미들C라는 산을 잘 타는 일이다. 물론 빅C라는 별의 빛을 받으면서.

기존에 없던 것을 새로 만들어내거나 기존에 있던 것에 혁신을 일으키는 창조적 상상력은 공감 능력을 통해 발휘된다. 이때 빅C는 빅E를 통해, 미들C는 미들E를 통해, 리틀C는 리틀E를 통해 발휘된다. 각 사례를 보자.

알렉산더 그레이엄 벨의 어머니는 청각장애인이었다. 벨은 어떻게든 어머니에게 도움이 되고 싶었기에 청각장애 극복을 위한 연구를 시작했다. 그러던 벨의 시야에 다른 청각장애인들이 들어왔다. 벨의 관심은 '어머니의 청각장애 극복'에서 '인류의 청각장애 극복'으로 확장되었다. 이후 벨은 청각장애와 언어장애가 있는 아이들을 위한 학교를 세우고 자신의 삶을 장애 극복을 위한 발명 활동에 바쳤다. 그 결과 현대식 보청기의 기반이 되는, 전기장치가 부착된 최초의 보청기와 전화기까지 발명했다. 즉 벨의 인류 역사를 바꾼 위대한 발명[빅C]은 인류의 장애 극복이라는 위대한 공감[빅E]을 통해 이뤄졌다.

퍼트리샤 무어는 요리를 사랑하던 할머니가 관절염 때문에 냉장고 문을 여닫는 게 힘들어지자 그만 요리를 포기하는 것을 보게 되었다. 그녀는 자신이 다니던 디자인 회사에 노인들을 위한 냉장고 문손잡이 디자인을 건의했지만 일언지하에 거절당하고 말았다. 퍼트리샤 무어는 이를 스스로 디자인하기로 결심한 후 스물여섯 살의 건강한 젊은이에서 관절염을 앓는 여든 살의 노인으로 변신했다. 그녀는 머리에는 흰머리 가발을, 얼굴에는 라텍스로 만든 주름을, 눈에는 앞이 잘 보이지 않는 뿌연 안경을, 귀에는 잘 안 들리게 솜을, 팔목과 발목에는 관절을 움직이기 어렵게 부목을, 허리에는 구부정해지게 붕대를, 다리에는 걷기 어렵게 철제보조기를 하고서 미국과 캐나다의 도시 116곳을 다녔다. 그렇게 그녀는 1979년부터 1982년까지 노인 아닌 노인으로 살았다.

퍼트리샤 무어는 이 경험을 바탕으로 어린아이부터 노인까지 누구나 편리하게 쓸 수 있는 제품을 디자인하는, 새로운 디자인 문화 보편적 디자인, Universal Design를 창시했다. 참고로 그녀는 감자 깎는 칼, 소리

나는 주전자, 양손잡이용 칼과 가위, 고무 손잡이가 달린 조리용품, 바퀴 달린 가방, 계단 없는 저상버스 등을 디자인했다.

퍼트리샤 무어는 전화기를 발명한 벨이나 비행기를 발명한 라이트 형제처럼 빅E를 발휘해서 세상에 없던 것을 만들어내지는 않았다. 대신 그녀는 미들E를 발휘해서 기존에 있던 것들에 혁신을 일으킨 미들C를 이뤘다.

지인 중에 건축가가 있다. 내가 지금 살고 있는 목조 주택을 지을 때 인연이 닿은 사람이다. 목조 주택은 시멘트 주택과 비교할 때 건강에 좋다는 장점이 있지만 관리가 까다롭다. 특히 물을 많이 쓰는 욕실에서의 누수 문제가 사람을 괴롭게 한다. 방수 공사를 열심히 해도 목조 주택의 특성상 물과 자주 접촉하는 부분은 결국 썩어 들어가기 때문에 방수 공사를 다시 하는 수밖에 없다. 그런데 지인 건축가는 이 문제를 매우 쉽게 풀었다. 그는 나무가 물먹기 쉬운 지점에 철판을 부착했다. 그리고 일반 방수 페인트보다 5~6배가 비싼 수족관용 방수 페인트를 칠했다. 이게 전부였다. 내가 이토록 멋진 방법을 어떻게 생각해냈느냐고 묻자 그는 답했다.

"집을 짓는 사람의 입장에서 생각하면 기존 방법 말고는 달리 도리가 없지요. 하지만 제가 지은 집에서 계속 살아갈 사람의 입장에서 생각하면 새로운 방법이 나옵니다."

그는 건축 현장이라는 일상에서 만나는 문제를 새로운 방법으로 해결한 것이다. 즉 그는 하워드 가드너 교수가 정의한 리틀C를 가진 사람이다. 그의 공감 능력은 알렉산더 그레이엄 벨의 빅E처럼 인류에게 영향을 미치거나 퍼트리샤 무어의 미들E처럼 현대 디자인 문화에 영향을 미치는 수준은 아니지만, 자신의 회사와 건축 계약을 한 사람들의 삶을 향상시켜줬다. 한마디로 그는 리틀E를 통해 리틀C를 발휘한 대표적인 사례다.

인공지능은 타인의 생각과 감정을 타인의 입장에서 느끼거나 이해할 수 있는 능력, 즉 공감 능력이 없다. 그리고 공감을 통해 기존에 없던 것을 새로 만들어내거나 기존에 있던 것에 혁신을 일으키는 창조적 상상력을 발휘할 수도 없다. 하여 세계적인 석학들과 인공지능 전문가들은 인공지능 시대에 인간이 갖춰야 할 필수적인 능력으로 공감 능력과 창조적 상상력을 꼽고 있다. 그리고 선진국들은 오래전부터 학교와 직장 등에서 공감 능력과 창조적 상상력을 길러주는 프로그램을 운영하고 있다.

그렇다면 공감 능력과 창조적 상상력을 갖추지 못한 사람들은 앞으로 어떻게 될까?

프레카리아트, 한국인 99.997%의 미래

2017년, 서울대학교 공과대학 유기윤 교수팀이 "미래의 도시에서 시민들이 어떻게 살아갈 것인가?"라는 보고서를 발표했으며, 이는 《미래 사회 보고서》유기윤·김정옥·김지영 지음, 라온북라는 책으로 출판되었다. 여기서 유기윤 교수팀은 2090년의 한국 사회는 인공지능 로봇이 대부분의 직업을 대체한 결과 한국인의 99.997%가 프레카리아트Precariat가 된다는 충격적인 예측을 했다.[32]

프레카리아트란 '불안정한'이라는 뜻의 이탈리아어 프레카리오precario와 '노동 계급'을 뜻하는 독일어 프롤레타리아트Proletariat의 합성어로, 이 용어를 널리 알린 영국 런던대학교 가이 스탠딩 교수에 따르면 다음 세 가지 특징을 가진다.

1. 꿈과 열정이 없다.
2. 내가 하는 일의 가치를 깨닫지 못한다.
3. 평생 직업 불안정성에 시달린다.

이 계급의 대표적 사례가 누구일까? 노숙인, 난민, 불법 외국인 노동자다. 그러니까 앞으로 약 70년 뒤에 한국인의 99.997%는 인공지능 때문에 난민 수준의 사회적·경제적 삶을 살게 된다는 게

유기윤 교수팀의 예측이다. 그런데 세계적인 석학들과 미래학자들도 비슷한 예측을 하고 있다. 대표적으로 예일대학교 로버트 실러 교수는 미래에는 인공지능에게 대체된 수십억 명의 인류가 전 지구적인 빈민촌을 형성하며 살 것이라고 예측한다.

어쩌면 청소년 여러분은 이렇게 말할지도 모르겠다.

"70년 뒤라고? 그럼 아직 한참 미래의 일이네!"

하지만 그렇지 않다. 한국인의 99.997%가 프레카리아트로 떨어지는 일은 이미 오래전부터 조용히 진행되어왔다. 이 책의 첫머리에서도 언급했지만 우리나라는 '로봇이 인간을 대체하는 비율' 세계 1위다. 그렇다면 로봇에게 대체된 사람들은 어떻게 되었을까? 사회적·경제적으로 어려워졌을 가능성이 높다. 또한 유기윤 교수팀이 집필한《미래 사회 보고서》에 따르면 한국인의 99.997%가 프레카리아트로 떨어지는 일은 2030년경부터 2070년경까지 급격하게 진행된다. 그리고 2080년경부터 완만하게 진행되다가 마침내 2090년경에 완성된다. 한마디로 남은 시간이 얼마 없다.

그러니까 앞으로 10년 안에 여러분은 '인공지능에게 대체되지 않는인공지능의 주인이 되는 능력', 즉 공감 능력과 창조적 상상력을 가져야 한다. 이것이 '인공지능에게 대체되지 않는 나를 만드는 법'을 반드시 알아야 하는 이유다.

Part 3

인공지능에게 대체되지 않는 나를 만드는 법 8

-

'에이트' 하라

에이트 01

디지털을 차단하라

2011년 10월의 일이다. 〈뉴욕 타임스〉에서 구글·애플·마이크로소프트·인텔·IBM·HP 같은 IT 기업의 회장·사장·부사장 등의 자녀들이 다니는 실리콘밸리의 유명 사립학교 '페닌슐라'를 취재한 기사를 내보냈다.[1] 이로 인해 미국인들은 인공지능의 메카라고 불리는 실리콘밸리에서 이뤄지고 있는 '다른' 교육의 실체를 알게 되었다.

참고로 내가 실리콘밸리의 교육을 다른 교육이라고 표현한 것은 우리나라처럼 미국도 오래전부터 전국의 공립학교 교실을 IT 교실로 만드는 프로젝트를 진행해왔기 때문이다. 하여 지금은 대부분의 공립학교가 전자칠판과 태블릿 PC 같은 IT 기기로 수업을 진행하고, 과제를 제출하게 한다.

그런데 최첨단 IT 기기로 가득할 것 같았던 이 학교는 놀랍게도 IT 기기가 단 한 대도 없었다. 심지어 학생들은 인터넷 사용법도 잘 몰랐다. 대신 이 학교는 컴퓨터가 발명되기 이전 형태의 교실을 운영하고 있었다. 교사는 칠판 앞에서 분필을 들고 가르치고 있었고, 아이들은 종이책과 종이 노트로 공부하고 있었다. 책장에는 브리태니커 백과사전 전집이 꽂혀 있었고, 사물함에는 나무로 만든 장난감·인형·찰흙·바느질 도구 등이 가득했다.

도대체 실리콘밸리의 사립학교는 왜 이런 다른 교육을 하고 있을까? 실리콘밸리의 또 다른 사립학교인 '그린우드'의 교사와 학부모의 이야기를 들어보자.[2]

"아이들이 자기 내면의 힘을 조절할 줄 아는 능력을 길러주기 위해서다. 스마트폰을 할 시간에 다른 아이들과 놀고 대화하면서 타인과 공감하고 조화를 이루는 능력을 길러주기 위해서다."

-베치 앤더슨 입학처장

"자기 자신에게 집중하고, 다른 사람들과 관계를 맺는 일에 집중하게 하기 위해서다. 그리고 밖에 있는 컴퓨터를 다루기 전에 내 안의 컴퓨터창조적 두뇌를 다루는 법을 배우게 하기 위해서다."

-아치 더글러스교장

"디지털 기기가 전혀 없는 이 학교는 아이들의 내면에 있는 예술성을 키워줄 수 있다. 그것은 창조적 상상력으로 연결된다."

-크리스 브루어학부모

한마디로 실리콘밸리의 사립학교들은 공감 능력과 창조적 상상력을 길러주기 위해 다른 교육을 하고 있다.

실리콘밸리 가정에는 IT 기기가 없다

아이들의 공감 능력과 창조적 상상력을 길러주기 위해 IT 기기를 철저하게 차단하는 것은 실리콘밸리의 가정 문화이기도 하다.

실리콘밸리의 상징과 같았던 스티브 잡스는 자녀들에게 아이폰과 아이패드 같은 IT 기기를 전혀 주지 않았다. 잡스의 유일한 공식 전기를 집필한 월터 아이작슨에 따르면, 잡스는 집에서 IT 기기를 철저하게 금지하는 문화를 지키고 있었다.

실리콘밸리의 제왕이라 불리는 빌 게이츠는 자녀들에게 IT 기기 금지 기간을 정해뒀는데, 무려 14년이었다. 그의 자녀들은 열다섯 살이 되어서야 비로소 컴퓨터와 스마트폰 등을 사용할 수 있었다. 하지만 이때도 사용 시간을 엄격하게 제한했다.

"IT 기술은 스스로 진화하면서 문제를 해결한다"는 주장을 펼친 책을 집필했으며 실리콘밸리의 대표적인 IT 기술 찬양론자인 케빈 켈리는 세 아이를 텔레비전·스마트폰·컴퓨터·노트북 같은 IT 기기가 전혀 없는 집에서 키웠다. 실리콘밸리의 대표적인 아날로그 주의자인 그는 심지어 자동차 운전도 하지 않는다.

페이스북 초대 사장 숀 파커는 IT 기기를 사용하지 않는 것은 물론이고 페이스북을 비롯하여 그 어떤 SNS도 하지 않는다.

트위터 공동창업자 에번 윌리엄스는 집에 IT 기기가 아예 없다. 대신 책으로 가득한, 거대한 서재가 있다.

소비자가 아닌 창조자의 입장에서 대하라

실리콘밸리는 우리가 사용하는 거의 모든 IT 기기를 만들어낸 곳이자, 지금 이 순간에도 최첨단 인공지능 기술을 무서운 속도로 발전시켜나가는 곳이다. 여기 사람들은 IT 기기가 인간에게 미치는 영향에 대해서 그 누구보다 잘 알고, 인공지능의 주인이 되려면 어떤 능력을 가져야 하는지에 대해서도 가장 잘 안다. 실리콘밸리 사람들이 내린 결론은 이렇다.

"IT 기기를 차단하는 능력을 갖지 못한 사람들은 결국 IT 기기에 중독된다. 중독은 종속을 의미한다. 인공지능은 지금의 IT 기기보다 적게는 몇백 배, 많게는 수천수만 배의 중독성을 가질 것이다. 따라서 현재 IT 기기에 중독되어 있는 사람들은 인공지능 시대가 열리자마자 인공지능의 노예로 전락할 것이다. 반면 IT 기기를 차단할 줄 아는 사람들은 IT 기기를 접촉할 시간에 독서와 사색을 하고 예술과 자연을 접하고 다른 사람들과 진실하게 교류하면서 자기 안의 인간성과 창조성을 발견하고 강화해갈 것이다. 그런데 이런 능력을 가진 사람은 IT 시대인 지금도 거의 찾아볼 수 없지만 인공지능 시대에는 더 찾아보기 힘들 것이다. 때문에 이런 사람들은 인공지능 시대에 저절로 리더가 된다. 디지털이 아날로그를 흉내 낸 것에 불과하듯이[3] 인공지능은 인간을 흉내 낸 것에 불과하다. 인공지능은 기계에 종속되어 인간 고유의 능력인 공감 능력과 창조적 상상력을 상실한 사람은 얼마든지 대체할 수 있지만, 그 반대인 사람은 절대로 대체할 수 없다. 우리가 '컴퓨터를 꺼라. 스마트폰을 꺼라. 그러면 주위에 사람들이 있다는 사실을 알게 된다'[4]는 구호를 외치면서 IT 기기를 차단하는 문화를 만든 이유다."

실리콘밸리의 부모들과 사립학교가 아이들에게 평생 IT 기기를 금지하는 것은 아니다. 빠르면 중학교 1학년, 늦어도 고등학교 1학년 무렵이면 허락한다. 그런데 IT 기기를 그냥 주는 게 아니다. 다음 세 가지 과정을 밟게 해서 IT 개념과 IT 기기의 작동 원리를 깨치게 하고 IT 문화를 통찰하게 한다. 그리고 기존 IT[개념·기기·문화]에 혁신을 일으키거나 새로운 IT[개념·기기·문화]를 창조할 수 있는 기초적인 능력을 기르게 한다. 한마디로 소비자가 아닌 창조자의 입장에서 IT 기기를 대하게 한다.

1. 철학적·수학적 관점에서 IT 기기를 보게 한다. IT 개념은 철학과 수학의 교차점에서 탄생했다. 만일 IT 기기를 그저 도구적 관점에서만 바라본다면 어떻게 될까? IT 기기를 활용해서 온갖 일을 할 수 있다. 하지만 그뿐이다. 반면 IT 기기를 철학적·수학적 관점에서 바라본다면 어떻게 될까? 기존 IT 개념에 혁신을 일으키거나 새로운 IT 개념을 창조하는 기초적인 힘을 가질 수 있다.
2. 컴퓨터나 스마트폰 등을 분해해서 IT 기기의 작동 원리를 탐구하고 이해하게 한다. 이를 통해 IT 기기를 과학적·기술적 관점에서 접근하는 능력을 가질 수 있고, 기존 IT 기기에 혁신을 일으키거나 새로운 IT 기기를 창조할 수 있는 기초적인 능력을 기를 수 있다.
3. IT 기기를 사용해서 SNS 등에 자신의 흔적을 남기는 행위 등이 자신의

미래와 타인들과의 관계와 사회에 어떤 영향을 미칠지 등에 대해 깊이 사색하게 하고, 이를 글로 쓰고 발표·토론하게 한다. 이를 통해 IT 문화 전반에 대한 통찰력을 가질 수 있고, 새로운 IT 문화를 창조하는 기초적인 힘을 기를 수 있다.

실리콘밸리가 추구하고 있는 ‘인공지능에게 대체되지 않는 인공지능의 주인이 되는 나를 만드는 법’은 다음 두 가지로 정리된다.

1. ‘인공지능[IT 기기]을 차단하는 능력을 가진 나’를 만든다.
2. ‘새로운 인공지능[IT 기기]을 창조할 수 있는 능력을 가진 나’를 만든다.

실리콘밸리 사람들은 인공지능의 창조자다. 아마도 그들은 인공지능에게 대체되는 일이 거의 없을 것이다. 이런 그들조차 인공지능 시대를 대비해서 IT 기기를 차단하고 아날로그적 삶을 사는 문화를 만들었다.

청소년 여러분은 어떤가? 아마도 앞으로 나올 인공지능의 능력이 100이라면 고작 0.0001 수준의 능력을 가진 인공지능을 탑재한 IT 기기, 그러니까 스마트폰에 의존하고 있을 가능성이 높다. 그 대가로 여러분은 여러 능력을 상실했을 것이다. 스마트폰이 없으면 친구들의 전화번호도 알 수 없고, 학교 과제도 하기 힘들 것이다. 스마트폰으로 세상을 검색하거나 SNS로 빠르고 간결하게 소통하느라, 사람들과 마음을 열어 대화하고 공감하는 능력도 잃어버렸을 것이다. 한마디로 여러분은 이미 여러 능력이 인공지능에게 대체되어 있는 상태라고 할 수 있다. 아직 본격적인 인공지능 시대가 열리지도 않았는데 말이다.

이제 새로운 문화를 만들어야 한다. 하루 중 두세 시간만이라도 스마트폰을 끄고 독서하고 사색하고 성찰하는 시간을 갖기 바란다. 주말이면 스마트폰을 서랍 속에 넣어두고 미술관, 음악관, 박물관으로, 때론 가까운 자연으로 가서 다양한 인문학적 경험을 쌓아보라. 일주일에 한 번만이라도 사람들과 진심으로 대화하고 소통하는 시간을 갖기 바란다. 여러분만의 아날로그 문화를 하나둘씩 만들어나가라. 자신 내면의 인간성과 지성과 가능성을 발전시키고, 다른 사람들의 말에 귀 기울이고 응원하는 공감의 힘을 키우게 되면, 이는 모두의 삶을 발전시키는 창조적 상상력으로 이어진다. 이렇게 여러분이 진정으로 인간다워질 때 여러분을 대체할 수 있는 기계란 존재할 수 없다.

에이트 02

나만의 '평생유치원'을 설립하라

"미래에 한국 인구의 99.997%가 프레카리아트로 전락한다"는 충격적인 내용을 발표한 서울대학교 유기윤 교수팀은 미래 한국 사회의 계급 구조에 대해 다음과 같이 예측한다.

제1계급 인공지성 플랫폼 소유주[0.001%]

제2계급 인공지성 플랫폼 스타[0.002%]

제3계급 인공지성

제4계급 프레카리아트[99.997%]

제1계급인 인공지성 플랫폼 소유주는, 자신이 소유한 세계적 기업을 인공지성 플랫폼으로 변화시킨 사람들을 의미한다. 이 계급의 특징은 비록 사업 분야에 한정되긴 했지만 인류 최고 수준의 공감 능력과 창조적 상상력을 가졌다는 것이다. 그 결과 세계 최고 수준의 인공지성들을 비서처럼 거느린다. 오늘날로 치면 구글·아마존·마이크로소프트·애플·페이스북 같은 기업의 창업자라고 생각하면 되겠다.

제2계급은 제1계급이 소유한 플랫폼 안에서 스타가 된 사람들이다. 오늘날로 치면 할리우드 스타 정도로 생각하면 되겠다.

제3계급은 인공지성이다. 이는 오늘날의 기업처럼 법인격法人格을 소유한 인공 생명체로, 스스로 진화하고 발전하는 지성을 소유한 정보 시스템이다. 한마디로 인공지능의 최종 발전 형태라고 생각하면 되겠다. 인공지성은 법인격을 가지므로 오늘날의 기업이 그렇듯이 금융 거래가 가능하고 부동산 소유도 가능하다. 또한 인공지능 로봇 임직원과 인간 임직원을 고용해서 사업을 하는 것도 가능하다. 청소년 여러분 중에는 이를 말도 안 되는 소리라고 생각하는 친구들도 있을지 모르겠다. 하지만 스탠퍼드대학교 법정보학센터 제리 캐플런 교수를 비롯한 많은 법학자들이 미래에 인공지능이 법인격을 갖출 것이라고 예측하고 있다.

제4계급은 오늘날의 자영업자·전문직 종사자·사무직 종사자·

노동자 등 대부분의 직업군이 속하는 계급이다.

나는 유기윤 교수팀의 《미래 사회 보고서》에 나오는 '미래 한국 사회 계급 구조도'를 두고 오랜 시간 참으로 많은 사색을 했다. 그러던 어느 날 내 안에서 이런 깨달음이 떠올랐다.

'앞으로 제1계급이 될 가능성이 가장 높은 사람들은 구글·아마존·마이크로소프트·페이스북 같은 기업의 창업자들일 것이다. 만일 내가 이 사람들의 공감 능력과 창조적 상상력의 원천에 대해서 알 수 있다면, 그 원천을 나 자신에게 적용해서 스스로를 바꿀 수 있다면, 이야말로 인공지능에게 대체되지 않는 나를 만드는 가장 완벽한 방법이 아닐까?'

나는 당장 서점과 도서관으로 향했고, 두세 달 가까이 책장을 헤집고 다녔다. 그 결과 나는 그들이 가진 공감 능력과 창조적 상상력의 원천, 그리고 그 원천을 나에게 적용하는 법을 발견할 수 있었다.

'몬테소리 교육'의 비밀

〈월 스트리트 저널〉로부터 "실리콘밸리의 미래를 알고 싶다면 페이스북이나 아이폰 앱이 아닌 이 사람을 봐야 한다"는 찬사를 받은 인물이 있다. 서배스천 스런이다. 그의 대표적인 경력은 이렇다. '스탠퍼드대학교 컴퓨터공학과 교수, 스탠퍼드대학교 인공지능연구소 소장, 구글 부사장, 구글 비밀연구소 소장, 인공지능 무인 자동차 개발, 구글 글래스·구글 스트리트 뷰 개발.'

구글 스트리트 뷰는 인류의 삶을 이미 어느 정도 바꿨고, 인공지능 무인 자동차는 미래 인류의 삶을 크게 바꿀 것이다. 이를 보면 비록 IT 분야에 한정되긴 했지만 서배스천 스런은 인류 최고 수준의 공감 능력과 창조적 상상력을 가진 사람이다.

이런 서배스천 스런이 "나는 도저히 따라갈 수 없는 공감 능력과 창조적 상상력을 가졌다!"며 공개적으로 칭송한 인물이 있다. 바로 구글의 공동창업자 래리 페이지다.[5] 그런데 래리 페이지는 자신의 공감 능력과 창조적 상상력이 몬테소리 스쿨에서 비롯되었다고 밝혔다. 그리고 놀랍게도 구글의 공동창업자 세르게이 브린도 동일한 고백을 했다.

구글의 두 창업자뿐만이 아니다. 마이크로소프트 창업자 빌 게이츠, 애플 창업자 스티브 잡스, 아마존 창업자 제프 베이조스, 위키피디아 설립자 지미 웨일스, 컴퓨터 게임 개척자 윌 라이트, 요리 연구가 줄리아 차일드, 〈워싱턴 포스트〉지 발행인 캐서린 그레이엄, 미국 전前 대통령 빌 클린턴과 버락 오바마 같은 인물들도 자신의 공감 능력과 창조적 상상력은 몬테소리 스쿨에서 비롯되었다고 밝혔다. 경영 전략과 리더십 분야의 세계적인 권위자 제프 다이어와 할 그레거슨은 무려 8년 동안 서양의 창조적인 기업가들을 연구한 뒤 이들 중 상당수가 몬테소리 스쿨 출신이며, 이들의 공감 능력과 창조적 상상력은 몬테소리 교육 덕분이었음을 밝히기도 했다.[6]

'자유'와 '몰입'과 '성취'

물론 몬테소리 스쿨을 다녔다고 해서 모두가 창조적인 인재가 되는 것은 아니다. 몬테소리 교육 철학의 핵심인 '자유', '몰입', '성취' 등의 가치를 내면화하고 실천하는 아이가 창조적 인재가 된다.

구글의 두 창업자를 보자. 두 사람은 몬테소리 스쿨 시절 자신이 공부하고 싶은 주제를 자유롭게 선택했고, 교사들은 그 선택을 존중하고 지지해줬다. 학교가 정해준 주제가 아니라 스스로 정한 주제를 공부하면 누구나 신나게 집중하고 즐겁게 몰입할 수밖에 없다. 집중과 몰입은 성취로 이어지고, 아이는 성취를 통해 두 가지를 얻게 된다. 첫째, 자신의 잠재력을 깨닫는 기쁨. 둘째, 친구들과 어른들의 칭찬과 격려를 받는 기쁨. 이는 새로운 공부 주제를 정하고 여기에 더 깊이 몰입하고 싶은 동기로 연결된다. 참고로 몬테소리 교육의 창시자인 마리아 몬테소리는 이 과정을 '반복'이라고 불렀다. 래리 페이지와 세르게이 브린은 몬테소리 스쿨 시절 만난 몬테소리 교육 철학의 핵심 가치들을 내면화했고 이를 평생 실천했다. 물론 래리 페이지와 세르게이 브린은 이미 십 대 초반에 부모가 선물해준 컴퓨터를 장난감처럼 가지고 놀면서 자연스럽게 인공지능 프로그램을 만드는 길로 들어섰다.[7] 하지만 그 모든 활동의 기반에는 몬테소리 교육 철학이 있었을 것이다.

몬테소리 교육의 핵심 가치인 '자유', '몰입', '성취'를 발 빠르게 수용하여 기업 문화로 정착시킨 곳은 지구상에서 인공지능에 가장 민감한 실리콘밸리다. 구글은 물론이고 스페이스X·우버·넷플릭스·드롭박스·길리어드 사이언스타미플루 개발 기업 같은 실리콘밸리의 혁신 기업들은 공통적으로 "당신은 이미 지혜로우니 알아서 하라!"를 표어로 내걸 정도로 임직원에게 무한에 가까운 자유를 주고자 노력한다. 왜일까? 창의적인 아이디어를 도출해내고, 프로젝트에 몰입하고, 동료들과 깊게 소통하는 능력은 임직원이 누리는 자유에 비례한다는 사실을 깨달았기 때문이다. 그리고 이런 창의성과 몰입·소통 능력은 탁월한 성취로 이어진다는 사실 또한 잘 알고 있기 때문이다. 실리콘밸리의 기업들은 이런 문화를 통해 인공지능 시대에도 생존할 수 있도록 발전하고 있다.

이쯤에서 유의해야 할 점이 있다. 인공지능에게 대체되지 않는 나를 만드는 힘은 몬테소리 교육에 있다기보다는 유치원에 다니는 나이대의 아이들에게 있다는 사실이다. 그리고 몬테소리 교육은 유치원 아이들의 공감 능력과 창조적 상상력을 가장 잘 이끌어내는 방법이다.

MIT에는 '미디어랩'이라는 연구소가 있다. 월드와이드웹, 터치스크린, GPS, 전자책, 웨어러블 컴퓨터, 가상현실, 3차원 홀로그램 등을 개발한 곳이다. 한마디로 세계 최고 수준의 공감 능력과 창조적 상상력이 일상처럼 발휘되는 곳이라고 할 수 있다. 그런데 MIT 미디어랩의 미첼 레스닉 교수에 따르면 이는 미디어랩만의 특별한 교육 프로그램을 통해 만들어진다고 한다. 그것은 '평생유치원LLK' 이라는 프로그램인데, 청소년과 성인으로 하여금 유치원 시절 자신이 습득했던 놀이·학습 방식을 다시 경험하게 함으로써 유년 시절 자신의 내면에 충만했던 공감 능력과 창조적 상상력을 회복시키는 것을 목적으로 한다.

미첼 레스닉은 《미첼 레스닉의 평생유치원Lifelong Kindergarten》에서 유치원 아이들의 놀이·학습 방식은 '상상-창작-놀이-공유-생각' 을 반복하는 것이라고 알려준다. 예를 들면 이렇다.[8]

- 선생님이 읽어주는 "장화 신은 고양이"를 들으면서 장화 신은 고양이를 자유롭게 상상한다.
- 자신이 상상한 장화 신은 고양이를 도화지에 그리거나 찰흙으로 만들어 본다. 이때 아이들은 자연스럽게 새로운 이야기를 추가한다. 예를 들면 고양이는 날개 달린 장화를 신었고 덕분에 자유롭게 하늘을 날아다닐 수 있다거나 허리에 찬 검劍은 사실은 사탕 마법봉이어서 한 번 휘두르면 사탕이 막 쏟아진다는 식의 이야기 말이다. 아이들은 이런 과정을 놀이로 생각하고 즐긴다. 즉 유치원 아이들에게 창작은 곧 놀이다.
- 아이들은 친구들에게 자신이 추가한 새로운 이야기를 들려주고 자신이 만든 작품을 보여주면서 즐거운 시간을 보낸다. 아이들은 이런 공유를 통해서 새로운 이야기를 더 생각해낼 수 있고, 작품에 새로운 것들을 더 추가할 수 있다. 공유가 새로운 창작을 유도하는 것이다.
- 선생님이 아이들의 작품을 보면서 새로운 생각거리를 던져준다. 예를 들면 "고양이가 하늘을 날려면 장화에 달린 날개는 얼마나 커야 할까?"라든가 "사탕 먹고 이를 닦지 않으면 이가 썩을 수 있으니까 마법봉을 휘두를 때 치약과 칫솔이 함께 나오게 하면 어떨까?" 하는 식으로 말이다. 그러면 아이들은 이를 바탕으로 새로운 상상을 하고, 이는 다시 창작놀이과 공유로 이어진다.

청소년 여러분이 유치원 아이들의 놀이·학습 방식을 실천하려면 어떻게 해야 할까? 미첼 레스닉은 여기에 대해서도《미첼 레스닉의 평생유치원》에서 친절하게 알려준다. '학습자를 위한 10가지 도움말'이 그것이다.[9]

1. 간단하게 시작하라.
2. 좋아하는 것을 하라.
3. 뭘 할지 모르겠으면 이렇게 저렇게 해보라.
4. 실험해보는 것을 두려워하지 마라.
5. 같이할 친구를 찾고, 아이디어도 공유하라.
6. 남의 것을 모방하여 아이디어를 얻어도 괜찮다.
7. 아이디어를 기록으로 남겨라.
8. 만들고, 분해하고, 그리고 다시 만들어보라.
9. 많은 일이 잘못되어도 포기하지 마라.
10. 자신만의 학습 도움말을 만들어라.

'인공지능의 아버지'라 불리는 마빈 민스키는 현대적 의미의 인공지능 개념을 창시하고, 촉각을 느끼고 물건을 집고 들어 올리는 로봇 팔과 '시각 스캐너'라는 로봇 눈을 발명한 사람이다. 그는

1959년 MIT에 인공지능연구소를 세우고 MIT 인공지능 프로젝트를 진행했다. 그러다가 1985년에 MIT 미디어랩을 만들었다.

인공지능의 아버지라 불리는 사람의 영향을 받아서일까? MIT 미디어랩은 실리콘밸리 이상으로 최첨단 인공지능 지식과 기술을 보유하고 있다. 그리고 우리의 상상을 뛰어넘는 인공지능을 개발하고 있다. 사람의 생각까지 읽는다는 인공지능 웨어러블 디바이스 '알터에고AlterEgo'와 공포소설을 쓰는 인공지능 소설가 '셸리Shelley' 등이 대표적이다.

이런 미디어랩에서 왜 연구원들로 하여금 '평생유치원'이라는 교육 프로그램을 이수하게 할까? 나는 이렇게 대답하고 싶다.

"그들은 인공지능이 만들어나갈 미래에 대해서 잘 알고 있다. 공감 능력과 창조적 상상력을 가진 사람은 인공지능의 주인이 될 수 있지만 그렇지 못한 사람은 인공지능의 노예가 된다는 사실을 잘 알고 있다. 하여 그들은 레오나르도 다빈치나 미켈란젤로 같은 천재들조차 뛰어넘는, 인류 최고 수준의 공감 능력과 창조적 상상력을 가진 유치원 아이들에게 주목했다. 그리고 유치원 아이들의 놀이·학습 방식에 기반한 교육 프로그램을 만들었다."

MIT 미디어랩의 창의·소통 교육 프로그램인 '평생유치원'의 교육 철학은 놀랍게도 몬테소리의 교육 철학과 상당 부분 일치한다.

이렇게 놓고 보면 몬테소리 교육의 핵심인 '자유', '몰입', '성취'는 인공지능 시대를 살아갈 여러분이 반드시 추구해야 하는 가치임이 분명하다.

200년 전, '칼 비테 교육법'에 숨겨진 진실

이쯤에서 내 뇌리를 강렬하게 스치는 한 인물이 있다. 칼 비테다. 그는 근현대 유치원 교육과 홈스쿨링 교육에 거대한 영향을 미쳤다. 특히 유치원을 창설한 프뢰벨과 유아 교육에 혁명을 일으킨 마리아 몬테소리의 교육 철학은 칼 비테에 뿌리를 두고 있다고 해도 과언이 아니다. 내가 《리딩으로 리드하라》 등에서 많이 이야기했던 칼 비테를 여기서 다시 언급하는 것은 그가 인공지능 역사에도 영향을 미쳤기 때문이다. 아직 칼 비테에 대해 모르는 친구들을 위해 잠시 그에 대한 이야기를 하겠다.

칼 비테는 미숙아로 태어난 아들을 자신만의 방식으로 교육시켰다. 그 결과 그의 아들은 고작 아홉 살에 6개 국어를 유창하게 할 수 있었고, 열 살에 라이프치히대학교에 입학했고, 열세 살에 기센대학교에서 철학 박사 학위를 받았고, 열여섯 살 때 하이델베르크대학교에서 법학 박사 학위를 받자마자 베를린대학교 법대 교수가 되었고, 이후 유럽을 대표하는 천재로 살다가 세상을 떠났다.

칼 비테는 교육의 성자라 불리는 페스탈로치의 강력한 권유로 《칼 비테 교육법》을 저술해서 당시 유럽을 놀라게 했지만, 유럽의 귀족들은 칼 비테가 세상을 떠나자마자 이 책을 수거한 후 폐기했다. 그런데 세상에서 잊힌 줄 알았던 《칼 비테 교육법》은 19세기 후반에 하버드대학교의 레오 위너 교수에 의해 우연히 하버드 도서관 서고에서 발견되었고, 레오 위너는 두 딸과 아들에게 칼 비테식 교육을 시켰다. 그 결과 두 딸은 각각 열두 살과 열네 살에 하버드에 입학했고, 아들은 열두 살에 태프트대학교에 입학한 뒤 열네 살에 하버드대 대학원에 들어가 4년 만에 철학 박사 학위를 받고 하버드대 교수를 거쳐 MIT 교수로 일하면서 '사이버네틱스인공두뇌학'라는 새로운 학문을 창시했다.

그렇다면 칼 비테는 인공지능에 어떤 영향을 미쳤을까? 레오 위너 교수의 아들 노버트 위너가 MIT에서 교수로 일할 때다. 어느 날 월터 피츠라는 청년이 연구 조수가 되고 싶다며 그를 찾아왔다. 노버트 위너는 월터 피츠의 천재성을 알아채고 바로 고용했다. 그런데 알고 보니 이 청년이 워런 매컬러[10]와 인공신경망에 관한 논문을 쓴 게 아닌가. 당시엔 아직 컴퓨터도 발명되지 않았는데, 두 사람은 놀랍게도 인공지능에 대한 논문을 쓴 것이다. 이에 깜짝 놀란 노버트 위너는 월터 피츠를 폰 노이만에게 소개했고, 폰 노이만은 월터 피츠와 워런 매컬러의 논문을 참고해서 최초의 프로그램 내장형 컴퓨터 '에드박EDVAC'을 만들게 되었다. 참고로 오늘날 우리가 쓰고 있는 스마트폰과 PC는 에드박에 뿌리를 두고 있다.

그리고 2010년대에 월터 피츠와 워런 매컬러의 인공신경망을 탑재한 인공지능 알파고가 개발되었다. 만일 노버트 위너가 월터 피츠를 세상에 알리지 않았다면 인공신경망에 관한 논문은 빛을 보기 어려웠을 것이고, 알파고도 탄생하지 못했을 것이다. 또한 노버트 위너가 창시한 사이버네틱스는 컴퓨터·인터넷·로봇·인공지능 등 IT 산업 전반에 거대한 영향을 미쳤다.

한편 구글은 래리 페이지와 세르게이 브린의 주도로 알파고를 만들었는데, 앞에서도 말했지만 두 사람은 자신들의 공감 능력과 창조적 상상력의 원천으로 몬테소리 교육을 들었다. 그리고 몬테소리 교육의 창시자인 마리아 몬테소리는 칼 비테에게 거대한 영향을 받았다. 이렇게 생각하니 다음 도식이 형성되는 것 같다.[11]

칼 비테 ─┬ 레오 위너 – 노버트 위너, 월터 피츠 – 알파고
　　　　　 └ 마리아 몬테소리 – 래리 페이지, 세르게이 브린 – 알파고

인공지능은 유년 시절이 없다

노키아의 피터 스킬먼은 특별한 실험을 했다. 그는 각각 디자이너들, 공학자들, 경영대학원생들, 건축가들, 변호사들, 유치원 아이들로 이뤄진 여섯 개 팀을 상대로 삶지 않은 스파게티 면 20가닥, 1미터짜리 투명 테이프 1개, 얇은 노끈 한 타래, 적당한 크기의 마시멜로를 주고 정해진 시간 안에 가장 높은 탑을 쌓게 했다. 단 탑의 꼭대기에는 마시멜로가 있어야 했다. 즉 협동성[공감 능력]과 창의성[창조적 상상력]을 비교하는 실험을 한 것이다. 그런데 놀랍게도 실험 결과 유치원 팀이 변호사 팀의 1.5배, 경영대학원생 팀의 3배나 높은 탑을 쌓았다.[12]

여러분에게도 유치원생 나이의 어린 시절이 있었다. 그때 여러분은 인류 최고 수준의 공감 능력과 창조적 상상력을 소유하고 있었지만, 시간이 흐르면서 두 능력을 잃어버렸다. 이제 되찾을 때다. 여러분 안의 어린아이를 다시 발견하라. 그 아이와 대화하라. 그 아이와 놀아라. 그 아이와 마음껏 노래하고 춤추라. 그렇게 자신 안의 어린아이를 다시 만날 때 여러분의 공감 능력과 창조적 상상력은 자연스럽게 회복된다. 언제까지나 내면에 유년 시절의 자기 자신을 갖고 있는 사람은 인공지능에게 대체되지 않는다. 인공지능은 유년 시절이 없기 때문이다. 그러니 힘써 다시 아이가 되라.

에이트 03

'노잉'을 버려라, '비잉' 하고 '두잉' 하라

청소년 여러분은 혹시 1초에 30만 킬로미터를 이동하는 빛을 정지시키는 기술이 개발되었다는 소식을 들은 적이 있는가? 빛을 저장·보관하는 기술과 정지시킨 빛을 다시 흐르게 하는 기술이 개발되었다는 소식은? 지금으로부터 20년 전인 2001년 1월, 하버드에서 이 기술들을 개발하는 데 성공했다. 하버드는 도대체 왜 이런 기술들을 개발했을까? 양자역학 원리로 작동하는 양자컴퓨터 quantum computer 상용화를 위해서다.

양자컴퓨터는 슈퍼컴퓨터가 10억 년 걸릴 계산을 약 1분 만에 할 수 있는 꿈의 컴퓨터다. 양자컴퓨터는 놀랍게도 인공지능 딥블루가 체스 경기에서 인간 챔피언을 이겼던 1997년에, 그것도 인공지능 딥블루를 만들었던 IBM에서 개발되었다.

양자컴퓨터는 '큐비트'라는 단위를 쓰는데, 1997년 IBM에서 만든 것은 2큐비트였다. 예전에 과학계에서는 "50큐비트가 특이점이다"라는 말이 있었다. 50큐비트 양자컴퓨터가 개발되면 그때부터 인류는 양자컴퓨터의 시대로 진입하게 된다는 의미였다. 그런데 2017년 IBM에서 50큐비트를 개발했고, 2018년에는 구글에서 72큐비트를 개발했다.

양자컴퓨터가 5큐비트에서 50큐비트까지 가는 데 고작 3년이 걸렸다.[13] 지금 50큐비트인 양자컴퓨터가 100큐비트가 되면 성능이 1천조 배 향상된다.[14] 1천 배가 아니다. 1천조 배다. 한마디로 우리는 지금 SF 같은 세상에서 살고 있다.

다행인지 불행인지 양자컴퓨터는 아직 상용화되지 않았다. IBM, 마이크로소프트, 구글 같은 IT 기업들은 빠르면 2025년, 늦어도 2035년 무렵이면 양자컴퓨터가 상용화된다고 예측하고 있다. 양자컴퓨터가 상용화되면 무슨 일이 벌어질까? 인공지능혁명이 일어난다. 뭐랄까, 인공지능의 대중화가 이뤄진다고나 할까.

일단 인공지능 개발 비용이 크게 하락한다. 지금 우리나라에서는 인공지능 의사 '앤서'를 개발하고 있는데, 무려 357억 원이라는 비용이 든다. 하지만 양자컴퓨터가 상용화되면 인공지능 개발 비용이 상상을 초월할 정도로 저렴해지므로 인공지능의 가격도 놀라운 수준으로 떨어진다. 즉 우리는 미래에 자동차를 사듯이, 아니 TV나 냉장고를 사듯이 인공지능 로봇을 구입할 가능성이 높다.

여기에 더해 인공지능 전력 소비량이 큰 폭으로 하락한다. 앞에서 말했듯이 양자컴퓨터는 슈퍼컴퓨터가 10억 년 동안 계산할 것을 약 1분 만에 끝낼 수 있다. 이는 양자컴퓨터를 탑재한 인공지능 로봇의 전력 소비량이 줄어들어, 지금 컴퓨터나 냉장고에 들어가는 전기 요금 수준으로 인공지능 로봇을 이용할 수 있다는 뜻이다.

이뿐이 아니다. 아마도 양자컴퓨터를 탑재한 인공지능은 IQ 1만을 돌파하는 폭발적인 지능 향상이 일어날 것이다. 한마디로 인류 지능의 시대가 종말을 맞이하는 것이다.

하버드의 교육 개혁이 추구하는 것

만일 하버드가 빛을 정지 · 저장 · 보관시키는 것은 물론이고 다시 흐르게 하는 기술을 개발하지 못했다면 양자컴퓨터는 상용화의 길을 걸을 수 없었을 것이다. 여기에 더해 하버드는 매우 저렴한 비용으로 제작할 수 있는 인공근육까지 개발했다. 즉 하버드는 앞으로 대중화될 새로운 인공지능의 두뇌와 몸을 만드는 프로젝트를 진행 중이다. 뿐만 아니라 하버드는 인공지능 윤리 과목을 개설하여 학생들을 가르치고 있다. 이처럼 하버드는 인공지능 시대를 과학적·기술적·정신적·문화적 차원에서 철저하게 준비하고 있다.

그렇다면 하버드는 학생들을 인공지능에게 대체되지 않는인공지능의 주인이 되는 존재로 만들기 위해서 어떤 교육을 하고 있을까? 하버드 의대와 경영대학원을 보자.

하버드 의대는 최근 설립 237년 만에 처음으로 교육 개혁을 단행했다. 기존 방식의 교육으로는 인공지능에게 대체되는 의사를 배출할 수 있을 뿐 인공지능의 주인이 될 수 있는 의사는 배출할 수 없다는 게 이유였다. 이를 위해서 하버드 의대는 '플립러닝flipped learning'을 도입하고, MIT와 '헬스 사이언스 테크놀로지 MD 프로그램'을 만들었다. 그리고 교육 과정을 이렇게 바꿨다.

1학년 기초의학 및 임상의학

2학년 임상실습

3~4학년 심화 연구

하버드 경영대학원도 최근 설립 100년 만에 처음으로 교육 개혁을 단행했다. 핵심은 노잉Knowing 위주의 교육을 비잉Being 및 두잉Doing 위주로 바꾸는 것이었다. '비잉'은 자기 인식을 통해 조직 구성원과 고객에게 깊은 영향을 미치는 가치와 신념 등을 만드는 것을 의미하고, '두잉'은 기존 기술에 혁신을 일으키거나 새로운 사업을 창조하는 것을 뜻한다. 즉 하버드 경영대학원은 지난 100년 동안 추구해왔던 지식Knowing 교육을 공감 능력Being과 창조적 상상력Doing을 기르는 교육으로 바꿨다.

하버드 의대 교육 개혁의 핵심인 플립러닝은 교과서와 강의가 사라진 수업을 의미한다. 그럼 교수와 학생들은 수업 시간에 무엇을 할까? 토론을 한다. 학생들은 집에서 미리 공부해온 내용을 중심으로 열띤 토론을 하고, 교수도 학생들 사이에 앉아서 함께 토론한다. 이 토론은 1~3차 산업혁명 시대에 하버드가 즐겨했던 논쟁 위주의 토론이 아니라, 인공지능은 절대 가질 수 없는 공감 능력을 기르는 것을 목적으로 하는 대화 위주의 토론이다.

하버드 경영대학원은 본래 교과서도 강의도 없는 수업을 운영했다. 대신 실제 경영 사례를 놓고 교수와 학생들이 함께 토론하는 수업을 했다. 그러니까 인도 빈민가의 병원 경영 사례 등이 담긴 경영 사례집을 읽고 분석한 뒤 강의실에 모여서 "내가 만일 이곳의 경영자라면 어떻게 할 것인가?" 등을 놓고서 깊이 있는 토론을 했다. 그런데 이는 1~3차 산업혁명 시대에 하버드가 즐겨했던 '노잉' 위주의 토론이었다. 하여 하버드 경영대학원은 이를 4차 산업혁명 시대에 맞는 비잉 및 두잉 위주의 토론으로 바꿨다. 하버드 의대의 플립러닝이 추구하는 토론을 도입한 것이다.

여기서 잠깐 플립러닝에 대해 알아보자. 플립러닝은 기존의 학습법을 뒤집는flip 수업 방식으로, 학교 수업에 앞서 제공한 영상이나 자료를 학생들이 미리 학습한 후 수업 시간에는 토론과 과제 풀이를 한다. 본래 플립러닝은 미국의 고등학교 교사 존 버그만과 애런 샘스가 시합 등으로 수업에 자주 빠지는 운동부 학생들을 위해서 만들었다. 두 교사는 자신들의 수업을 동영상으로 녹화한 뒤 운동부 학생들에게 제공했다. 운동부 학생들은 집에서 동영상으로 수업을 들었고, 학교에 와서는 동영상 내용을 바탕으로 질의응답과 토론을 했다. 교과서와 교사의 강의가 필요 없는 새로운 형태의 수업을 한 것이다. 결과는 놀라웠다. 학생들의 소통 능력과 협동 능력이 크게 향상되었고, 시험 성적 또한 크게 상승했다.

여기에는 교육학적 근거가 있다. MIT의 사회심리학자 쿠르트 레빈이 세운 국립교육연구소National Training Laboratories에서 발표한 '학습 피라미드'에 따르면 주입식 강의를 들은 학생들은 강의 내용을 5%밖에 기억하지 못하지만, 학생들끼리 서로 소통하고 협력하는 수업, 즉 서로가 서로를 가르치는 형태의 수업에 참여한 학생들은 수업 내용을 90% 이상 기억한다고 한다. 플립러닝 형태의 수업이 주입식 강의 형태의 수업보다 학습 효율이 무려 18배나 높은 것이다.

하버드·스탠퍼드·듀크대 등 세계 최고의 의대들은 플립러닝의 토론식 교육으로 기존 강의식 교육으로는 길러줄 수 없는 공감 능력을 키우고자 한다. 그렇다면 이 의대들이 추구하는 공감 능력은 구체적으로 무엇을 의미할까?

인간 의사와 인공지능 의사가 공존하는 미래의 병원을 상상해 보자. 아마도 의료 행위는 거의 대부분 인공지능 의사가 할 것이다. 한편 인간 의사는 인공지능 의사에게는 없는 인간적·사회적 공감 능력을 발휘해서 환자와 대화하고 환자의 마음에 위로와 안정과 희망을 줄 수 있다. 그런데 그런 공감 가득한 대화는 의사보다는 상담가나 성직자가 더 잘할 수 있지 않을까? 병원에 굳이 인간 의사가 있어야 할까? 그렇다면 이런 의사는 어떤가? 인공지능 의사들을 거느리면서 진료를 지휘하는 인간 의사 말이다. 이런 의사에게는 인공지능은 절대 가질 수 없는 어떤 능력이 있어야 할 것이다. 그것은 무엇일까?

인공지능 의사는 기존 의료 지식과 기술을 완벽하게 학습하고 진료에 적용할 수 있기에 지식 위주의 교육을 받은 인간 의사를 압도

하고 대체할 수 있다. 하지만 인공지능 의사에게는 창조적 상상력이 없다. 새로운 의료 지식과 기술을 만들거나 기존 의료 지식과 기술에 혁신을 일으킬 수 없다는 의미다. 그래서 인공지능 의사는 창조적 상상력을 가진 인간 의사에게 종속된다. 이렇게 놓고 보면 인공지능의 주인이 되고자 하는 의사가 가져야 하는 공감 능력은 새로운 의료 지식과 기술의 창조나 기존 의료 지식과 기술의 혁신을 유발하는 것이어야 한다. 한마디로 앞으로 인간 의사는 인간적·사회적 공감 능력도 당연히 가져야 하겠지만 이를 창조적 공감으로 발전·승화시키는 능력[15]과 실제로 창조와 혁신을 일으키는 능력을 가져야 한다. 하여 하버드 의대는 플립러닝을 통해 인간적·사회적 공감을 창조적 공감으로 발전·승화시키는 능력을 기르고 '헬스 사이언스 테크놀로지 MD 프로그램'과 심화 연구 과정3~4학년을 통해 의료 지식과 기술에 창조와 혁신을 일으키는 능력을 기를 수 있게 한 것이다. 하버드 경영대학원이 노잉 위주의 토론을 비잉 및 두잉 위주의 토론으로 바꾼 것도 같은 이유다.

하버드 교육혁명이 추구하는 인간 고유의 능력을 가진 대표적인 존재는 누구일까? 인류의 문명에 영향을 미친 천재들이다. 그런데 세계적인 IT 기업 창업자들도 이 천재들을 공감 능력과 창조적 상상력의 원천으로 삼고 있다. 이들은 하버드가 이제 시작한 인공지능의 주인이 되는 교육을 오래전부터 스스로 해오고 있었던 것이다.

레오나르도 다빈치와 아인슈타인의 '생각' 공부법

세계적인 IT 기업 창업자들은 어떤 천재들을 배우고자 했을까? 래리 페이지는 교류 전기 시스템을 발명한 미국의 전기공학자인 니콜라 테슬라를 칭송했다. 그리고 래리 페이지도 한 수 가르침을 받았다는 빌 게이츠와 스티브 잡스는 각각 레오나르도 다빈치와 아인슈타인을 원천으로 삼았다.

빌 게이츠는 스물다섯 살에 레오나르도 다빈치의 천재성의 원천이었던 10가지 특별한 공부법을 자신에게 적용하여 빌 게이츠의 모든 성취의 근원이라 불리는, 그 유명한 'Think Week생각 주간'를 만들었다. 마이크로소프트 경영자 시절에는 어땠을까? 집무실에 레오나르도 다빈치의 초상화를 걸어놓고 하루에도 수백 번씩 마음속으로 대화를 했다. 그렇게 그는 레오나르도 다빈치를 원천 삼아 우리가 아는 빌 게이츠가 되었다.

스티브 잡스는 아인슈타인의 초상화를 침실에 걸어놓고 하루의 시작과 끝을 함께했다. 그렇게 그는 시간과 공간에 관한 인류의 관점을 하루아침에 바꾼 아인슈타인의 'Think문명적 의미의 생각'를 자신의 창조적 공감 능력과 창조적 상상력의 원천으로 삼았다. 그리고 어느 날 세상에 아이폰과 아이패드를 들고 나왔고, 우리가 아는 스티브 잡스가 되었다.

다음은 레오나르도 다빈치와 아인슈타인의 10가지 '생각' 공부법이다.[16]

자기 암시를 하라.
원전을 읽어라.
원전을 필사하라.
홀로 사색하라.
잠들기 전 사색하라.
지식-사색-적용 노트를 써라.
작가와 함께하라.
도서관을 사랑하라.
인문학 서재를 만들어라.
인문 고전 저자의 생각을 극복하라.

- 레오나르도 다빈치의 '생각' 공부법

이미지로 생각하라.
고전 음악을 사랑하라.
도서관에서 사색하라.
작가처럼 생각하라.
자기 머리로 생각하라.
생각을 글로 표현하라.
생각을 실천하라.
토론하라.
청강聽講을 완성하라.
겸손하라.

- 아인슈타인의 '생각' 공부법

IBM, 마이크로소프트, 구글 같은 IT 기업들이 빠르면 2025년, 늦어도 2035년 무렵이면 양자컴퓨터가 상용화될 것이라 예측하고, 앞으로 인공지능이 양자컴퓨터를 탑재하게 되어 IQ가 1만을 돌파할 수도 있다는 것은 무슨 의미일까? 양자컴퓨터 상용화 시대가 열리면 인공지능의 본격적인 인간 대체 시대 또한 열린다는 것이다. 내가 앞에서 인공지능에 의한 전문직의 대체가 본격적으로 이뤄지는 시점을 2035년으로 잡은 이유가 여기에 있다. 그러니 여러분은 양자컴퓨터가 상용화되기 전에 인공지능은 절대로 가질 수 없는 인간 고유의 능력을 가져야 한다.

여러분은 닮고 싶은 천재가 있는가? 없다면 지금부터라도 곰곰이 생각하여 한 명을 정하라. 그 천재의 초상화를 구해서 공부방이나 침실에 걸어두라. 매일 마음속으로 그와 대화하라. 그에 관한 책들을 찾아 읽어라. 그가 자신의 창조적 영감을 키우기 위해서 읽었던 책들도 찾아 읽어라. 매일 또는 며칠마다 한 번씩 시간을 정해놓고 천재처럼 생각하고 천재처럼 느끼고 천재처럼 행동해보라. 그렇게 천재의 창조적 공감 능력과 창조적 상상력의 원천을 여러분 것으로 만들기 위해 노력하라. 그러다 보면 여러분은 자신도 모르게 창조적 공감 능력과 창조적 상상력을 갖출 것이다. 기억하라. 빌 게이츠도, 스티브 잡스도 그렇게 IT 천재가 되었다.

인공지능은 결국 인간을 흉내 낸 것에 불과하다. 그런데 인공지능은 인간 중에서도 천재를 흉내 내고자 하지만 천재의 지적 능력을 흉내 낼 수 있을 뿐이다. 그러나 여러분은 다르다. 천재의 창조적 공감 능력과 창조적 상상력의 원천을 만나는 시간을 통해 그 능력들을 키울 수 있다. 그러니 힘써 천재를 추구하라.

여러분이 닮고 싶은 천재는 누구인가?

에이트 04

생각의 전환, '디자인 씽킹' 하라

MRI자기공명영상장치를 개발한 더그 디츠는 어느 날 한 병원을 방문했다가 충격을 받았다. 어린 소녀가 MRI 검사기 안으로 들어가는 것을 한사코 거부하다가, 마취 주사를 반강제적으로 맞고 검사기 안으로 실려 들어가는 것을 목격했기 때문이다. 이후 그는 어린이 환자의 약 90%가 MRI 기계 공포증으로 인해 마취 주사를 맞아야만 검사가 가능하다는 사실을 알고 더 큰 충격에 사로잡혔다.[17]

더그 디츠는 '어떻게 하면 어린이들이 마취 주사를 맞지 않고 MRI 검사를 받게 할 수 있을까?' 고민하기 시작했다. 그러던 어느 날 스탠퍼드대 D Design 스쿨을 알게 되었고, 그곳에 등록해서 일주일

동안 '디자인 씽킹'을 배우게 되었다.

짧지만 강렬한 배움의 시간을 마치고 현장으로 돌아온 더그 디츠는 회사에 출근하는 대신 어린이집으로 향했다. 그리고 그곳에서 어린이들과 대화하고 놀면서 오랫동안 잃어버렸던 내면의 '동심'을 다시 일깨웠다. 한편으로 그는 유아 심리학자, 유치원 교사, 소아과 의사 등 전문가들을 만나서 깊게 배웠다. 그는 어린이들과 공감할 수 있는 능력을 갖기 위해 모든 노력을 했다. 그 결과 그는 어린이들이 MRI 기계를 자신을 잡아먹기 위해 입을 벌리고 있는 커다란 괴물로 느낀다는 사실을 알게 되었다.

어린이들이 갖고 있는 두려움의 원인을 정확히 파악한 더그 디츠는 "어떻게 하면 어린이들이 마취 주사를 맞지 않고 MRI 검사를 받을 수 있을까?"라는 질문을 "어떻게 하면 어린이들이 MRI 기계를 친근하게 느끼고, 신나는 얼굴로 MRI 검사기 안으로 들어가게 할 수 있을까?"로 바꿨다. 그리고 스탠퍼드대 D스쿨의 '디자인 씽킹' 3~5단계를 적용하여 문제를 해결했다.

더그 디츠의 비결은 두 가지였다. 첫째, MRI 검사기를 어린이들이 좋아하는 우주선이나 해적선으로 디자인했다. 기계 표면에 우주선 또는 해적선을 연상시키는 사진과 조형물을 붙인 것이다. 둘째, 촬영 기사들에게 '우주선을 타고 떠나는 신나는 모험' 등의 대본을 나눠주고 어린이들에게 읽어주게 했다. 그러자 어린이들은 특유의 상상력을 발휘해서 MRI 검사기 안으로 들어가는 것을 우주선에 탑승하는 것으로, MRI 검사기 속에서 누워 있는 시간을 우주선 안에 누워서 우주를 여행하는 시간으로 받아들였다. 그 결과 마취 주사를 맞지 않고서는 MRI 검사를 할 수 없었던 어린이들의 비율이 제로에 가깝게 줄었다.[18]

4차 산업혁명의 요람, 스탠퍼드대 D스쿨

'AI Artificial Intelligence'라는 말을 처음 만든 존 매카시가 스탠퍼드대에 인공지능연구소를 세울 무렵, 그러니까 1962년의 일이다. 뛰어난 공학자였던 프레더릭 터먼은 당시에 스탠퍼드대에서 교무처장으로 일하고 있었다. 어느 날 그는 스탠퍼드대의 한 젊은 교수에게 전화를 걸어서 이렇게 물었다.

"존 매카시가 기계디자인과 기계공학에 능한 사람을 필요로 하고 있는데 자네가 적격일 것 같네. 어떤가?"[19]

버나드 로스는 잠시 망설였지만 이내 좋다고 대답했고, 얼마 뒤 존 매카시의 인공지능연구소에 합류했다.[20] 버나드 로스는 그렇게 스탠퍼드대 인공지능연구소의 핵심 연구원으로 활약하면서 '로봇

공학'이라는 새로운 학문을 창조한 주역들 중 한 명이 되었고 후일 데이비드 켈리, 래리 라이퍼와 함께 스탠퍼드대 D스쿨을 만들었다.

스탠퍼드대 D스쿨의 핵심은 디자인 씽킹Design Thinking, 즉 생각을 디자인하는 것이다. 이는 기존 사고를 인간 중심의 사고로 새롭게 디자인해서 인간의 삶에 영향을 미치는 거의 모든 것에 혁신을 일으키는 것이다.[21] 그런데 디자인 씽킹이 처음부터 이런 의미를 가졌던 것은 아니다. 용어 자체에서 느껴지듯이 처음엔 산업 디자이너들이 제품을 디자인할 때 하는 사고 과정 정도를 의미했다. 그러다가 MIT 교수 존 아널드와 카네기멜론대 교수 허버트 사이먼이 디자인 씽킹을 각각 "인간 경험에 기반한 창의적 사고", "현 상황을 더욱 낫게 변화시키기 위해 하는 인간의 모든 사고"로 정의하면서 오늘날의 의미가 되었다.[22]

잠깐 존 아널드와 허버트 사이먼 이야기를 하고 가겠다.

존 아널드는 MIT에서 디자인 씽킹 개념에 혁신을 일으킨 뒤 스탠퍼드대로 전근하여 기계공학과 경영학, 두 학과를 오가면서 학생들을 가르치다가, 버나드 로스에게 스탠퍼드대로 와서 기계공학과 교수로 일하면 어떻겠느냐는 제안을 했다.[23] 버나드 로스는 존 아널드에게 깊은 존경심을 갖고 있던 터라 이미 컬럼비아대 조교수로 채용되었음에도 불구하고 미국을 횡단하는 기차를 타고 스탠퍼드대로 갔다.[24] 그런데 앞에서도 말했듯이 스탠퍼드대 기계공학과는 스탠퍼드대 인공지능연구소와 로봇공학이 탄생하고 발전하는 데 큰 역할을 했다. 이는 존 아널드 역시 스탠퍼드대 인공지능연구소와 로봇공학의 탄생 및 발전에 적지 않은 영향을 미쳤음을 의미한다.

허버트 사이먼은 1969년에 출간한《인공 과학의 이해The Sciences of the Artificial》에서 디자인 씽킹을 "현 상황을 더욱 낫게 변화시키기 위해 하는 인간의 모든 사고"로 정의했는데, 이는 디자인 씽킹의 개념을 근본적으로 바꾼 사건이었다. 그래서 오늘날 여러 전문가들이 그를 디자인 씽킹의 현대적 개념을 만든 사람으로 인정하고 있다. 그런데 허버트 사이먼은 앨런 뉴얼과 함께 최초의 인공지능 프로그램인 '논리이론가'를 만든 사람이다. 그리고 존 매카시, 마빈 민스키 등과 함께 최초로 인공지능 학회를 연 사람이다. 한마디로 허버트 사이먼은 '인공지능의 아버지'라 불려도 손색이 없다.

스탠퍼드대 D스쿨의 디자인 씽킹에 큰 영향을 미친 존 아널드, 허버트 사이먼, 버나드 로스는 인공지능의 세계에 깊이 몸담았거나 인공지능 역사에 직간접적인 영향을 미쳤다. 즉 디자인 씽킹은 인공지능과 밀접한 연관이 있다. 그렇다면 스탠퍼드대 D스쿨의 디자인 씽킹은 인공지능에게 대체되지 않는 나를 만드는 강력한 도구가 될 수 있을까?

나는 이 질문에 대한 답을 찾다가 놀랍게도 4차 산업혁명을 주도한 실리콘밸리의 IT 기업들은 스탠퍼드대 D스쿨의 디자인 씽킹을 기본적인 사고 도구로 사용하고 있음을 알게 되었다. 그리고 스탠퍼드대 D스쿨을 설립한 래리 라이퍼와 데이비드 켈리는 디자인 씽킹이야말로 인간 공감에 기반한 창의적 혁신을 가장 잘 일으킬 수 있는 도구라고 말하고 있었다. 한마디로 스탠퍼드대 D스쿨의 디자인 씽킹은 인공지능은 절대 가질 수 없는 인간 고유의 능력인 공감능력과 창조적 상상력을 가장 잘 이끌어낼 수 있는 무엇이었다.

스탠퍼드대 D스쿨의 디자인 씽킹은 다음 다섯 단계로 구성된다.

1단계 공감하기 Empathize

2단계 문제를 새롭게 정의하기 Define

3단계 문제 해결을 위한 아이디어 내기 Ideate

4단계 시제품 만들기 Prototype

5단계 시험하고 검증하기 Test

그런데 이 다섯 단계는 고정적인 것이 아니다. 버나드 로스의 말을 빌리면 4단계까지 갔다가 다시 2단계로 돌아가거나 특정 단계

를 몇 번이고 반복할 수도 있다.[25]

1단계 '공감하기'는 관찰·대화·체험 등을 통해서 상대방의 마음을 이해하고 깨닫는 행위다. 더그 디츠가 어린이 환자들의 마음을 알기 위해 어린이집에서 어린이들을 관찰하고 어린이들과 대화하면서 어린이들의 문화를 깊이 체험했던 것을 생각해보면 되겠다.

2단계 '문제를 새롭게 정의하기'는 '공감하기'를 통해서 이해하고 깨달은 상대방의 입장에서 문제를 새롭게 바라보고 정의하는 행위다. 더그 디츠는 '공감하기'를 통해 어린이들의 입장에서 MRI 기계와 MRI 검사를 바라봤다. 그리고 문제는 MRI 기계나 MRI 검사 자체가 아니라 어린이들이 기계와 검사에 대해 느끼는 감정임을 깨달았다. 그 결과 "어떻게 하면 어린이들이 마취 주사를 맞지 않고 MRI 검사를 받을 수 있을까?"에서 "어떻게 하면 어린이들이 MRI 기계를 친근하게 느끼고, 신나는 얼굴로 MRI 검사기 안으로 들어가게 할 수 있을까?"로 새롭게 질문할 수 있었다.

3단계 '문제 해결을 위한 아이디어 내기'는 문제를 해결하기 위한 아이디어를 도출하는 과정이다. 스탠퍼드대 D스쿨의 설립자 중 한 명인 데이비드 켈리는 톰 켈리와 공저한 《유쾌한 크리에이티브 Creative Confidence》에서 창의적인 아이디어를 도출하는 22가지 방법에 대해 조언한다. 이 중 대표적인 10가지를 나열하면 다음과 같다.

1. 최고의 노력을 기울여라.

2. 아이디어를 떠올리는 데 도움이 되는 환경을 만들어라.

3. 잠재의식을 활용하라.

4. 브레인스토밍을 하라.

5. 아이디어 노트를 써라.

6. 사람들과 즐겁게 대화하라.

7. 이미 문제를 해결했다고 생각하라.

8. 스토리 보드를 활용하라.

9. 마인드맵을 활용하라.

10. 비주얼 씽킹을 하라.

이 단계에서는 위 방법들 중 일부를 사용해도 좋고 모두를 사용해도 좋다.[26] 더그 디츠도 이 방법들을 사용해서 MRI 기계를 우주선 또는 해적선으로 디자인하고, MRI 촬영 기사로 하여금 어린이 환자들에게 우주선 또는 해적선을 타고 떠나는 모험 이야기를 들려주게 하겠다는 아이디어를 도출해냈다.

4단계 '시제품 만들기'는 아이디어를 직접 테스트 제품으로 만들어보는 것을 의미하고, 5단계 '시험하고 검증하기'는 테스트 제품을 시험하고 검증해서 완벽한 제품으로 만드는 것을 의미한다.

더그 디츠가 어린이들이 좋아할 만한 여러 종류의 스티커와 조형물을 만들고, 이를 MRI 기계에 붙인 뒤 어린이들의 반응을 보고 나서 최종적으로 '우주선 MRI'와 '해적선 MRI'로 정한 것을 생각해 보면 되겠다.

디자인 씽킹을 무용지물로 만드는 다섯 가지

스탠퍼드대학교의 창조적 혁신과 D스쿨의 디자인 씽킹은 사실 우리나라에 알려진 지 제법 오래되었다. 정부에서는 이미 1999년 벤처 기업가 등을 스탠퍼드대로 보내서 창조적 혁신을 배우게 하는 'SEIT 한국-스탠퍼드 협력 사업 프로그램'[27]을 만들었고, 2014년에는 스탠퍼드대 D스쿨로 직접 보내서 디자인 씽킹을 배우게 하는 과정이 담긴 '글로벌 기업가정신 프로그램'을 만들었다. 기업과 대학 등도 2000년대 중반부터 이를 열심히 학습하고 실천했다. 덕분에 이제 스탠퍼드대 D스쿨의 디자인 씽킹은 우리나라에서 누구나 배우고 사용할 수 있게 되었다. 그런데 우리나라는 왜 그동안 눈에 띌 만한 창조적 혁신을 일으키거나 인공지능으로 대표되는 4차 산업혁명의 주류가 되지 못한 것일까?

스탠퍼드대 기계공학과 교수이자 D스쿨의 설립자 중 한 명인 래리 라이퍼는 2000년대 중반부터 우리나라를 직접 방문해서 디자인 씽킹을 전파하고 있는데, 위의 질문에 이렇게 답했다.[28]

1. 부모는 자녀가 안정적인 길만 가기를 바라고 자녀는 성인이 되어서도 부모에게 의존하는, 특유의 가족 문화 때문이다.
2. 사고가 한국 교육 시스템의 틀 안에 갇혀 있기 때문이다.[29]
3. 자신의 내면에 이미 창의성이 존재한다는 사실을 믿지 않기 때문이다.
4. 창조적 인재가 되겠다는 절박한 마음이 없기 때문이다.
5. 공감과 대화에 기반한 협력 문화가 없기 때문이다.

한마디로 한국 사회 특유의 '틀'을 깨뜨리지 않는 한 제아무리 스탠퍼드대 D스쿨의 디자인 씽킹을 열심히 배워봤자 창조적 공감을 할 수도, 창조적 혁신을 일으킬 수도 없다는 것이다. 한국인은 가정과 학교에서 '공부' 중심의 교육을 받다가, 대학에서는 '학점'과 '취업' 중심으로 학업하고, 직장에 취직해서 '일' 중심의 삶을 사는 획일화된 일생을 보낸다. 이렇게 한국인은 대한민국이라는 거대한 기계 구조 안에서 기계 아닌 기계로 살아간다. 그 결과 한국인은 래리 라이퍼 교수가 지적한 디자인 씽킹을 무용지물로 만드는 다섯 가지 요소를 모두 갖추고 있다.

3차 산업혁명 시대까지는 기계처럼 살아도 괜찮았다. 아니 오히려 기계처럼 살수록 학교와 사회에서 더 인정받았다. 하지만 4차 산업혁명부터는 다르다. 지금 기계처럼 살아가는 사람들은 그들보다 더 나은 기계, 즉 인공지능에게 대체된다.

청소년 여러분의 삶을 돌아보자. 꿈·희망·자유·창의·개성·믿음·사랑……. 여러분은 자신을 가장 인간답게 만들어주는 가치들을 얼마나 추구하고 있는가? 아마도 추구할 시간이 거의 없었을 것이다. 학교 성적을 올리느라, 입시 공부를 하느라 말이다. 하지만 앞으로는 지금처럼 살면 안 된다. 인간은 비교도 할 수 없는 학습 능력과 업무 능력을 가진 기계들이 밀려들 것이기 때문이다.

우리 사회도 마찬가지다. 여태껏 우리 사회는 기계적인 과정과 성과를 추구해왔고 덕분에 최단 기간에 경제적 성공을 이뤘다. 하지만 인공지능 시대가 열리면서 그 성공의 공식은 깨졌다. 이제 우리 사회는 새로운 성공의 시대를 준비해야 한다. 가정에서, 학교에서, 직장에서 인간 중심의 사회로 변화해야 한다. 그렇게 하지 않으면 우리 사회에 미래란 없다.

여러분이 하루에 한 시간만이라도 일주일에 하루만이라도 외부의 목소리가 아닌 내면의 목소리에 귀 기울이는 시간을 갖길 권한다. 학교나 사회의 리듬이 아닌 여러분 자신의 리듬에 맞춰서 생각하고 꿈꾸고 움직이는 시간을 갖길 권한다. 그런 시간들이 축적되다 보면 여러분은 자연스럽게 인간성을 회복할 수 있을 것이다. 자신이 기계가 아닌 인간임을 깨달을 수 있을 것이다. 바로 그 순간 인공지능에게 지배되어 살아가는 미래가 인공지능의 주인으로 살아가는 미래로 바뀐다.

여러분이 인간 본연의 가치를 회복하면 여러분은 저절로 기존의 사회적 틀을 벗어나게 될 것이다. 여러분은 자유로워질 것이고, 내면의 창조성을 발견하게 될 것이다. 그리고 내면의 창조성을 발휘해서 자신을 완성하고 사회를 변화시키고 싶다는 마음을 갖게 될 것이다. 여러분은 자신과 같은 마음을 가진 사람들을 찾아 나서게 될 것이고, 그들과 창조적으로 협력하게 될 것이다. 바로 그때 스탠퍼드대 D스쿨의 디자인 씽킹이 훌륭한 생각의 도구가 되어줄 것이다.

기계 같은 삶을 사는 사람은 진정한 디자인 씽킹을 할 수 없다. 매일 매 순간 인간답게 살기 위해 치열하게 노력하는 사람만이 진정한 디자인 씽킹을 할 수 있다. 그런 사람만이 진정한 공감을 할 수 있고, 진정한 혁신을 일으킬 수 있다. 여러분에게 거듭 당부한다. 이제 기계의 길을 버리고 인간의 길을 가라. 그리고 디자인 씽킹을 하라.

에이트 05

인간 고유의 능력을 일깨우는 무기, 철학하라

나는 앞에서 2014년 인공지능 켄쇼가 월 스트리트의 골드만삭스에 입사하여 놀라운 업무 능력을 선보인 이후 월 스트리트의 금융투자 회사들이 골드만삭스를 따라 하기 시작했으며, 그 결과 지금 월 스트리트에서는 인간이 하던 일의 약 90%를 인공지능이 대신하고 있다고 말했다.

그런데 2018년, 월 스트리트의 전설적인 투자자 빌 밀러가 존스홉킨스대 철학과에 7,500만 달러, 그러니까 약 875억 원을 기부했다.[30] 그는 "왜 하필 철학과냐"고 묻는 사람들의 질문에 이렇게 답변했다.[31]

"나는 존스홉킨스대에서 철학 박사 과정을 밟고 투자 세계에 입문했다.[32] (…) 나는 박사 과정 시절 체계적으로 배운 철학적 사고법을 투자에 적용해서 기록적인 수익을 올릴 수 있었다. 지금 월 스트리트의 주류는 인공지능이다. 하지만 나는 여전히 철학에 기초한 인간의 투자를 옹호한다. (…) 가장 성공적인 투자는 투자자가 철학적 탐구와 통찰을 통해 새롭게 변화하는 세상의 구조와 현실을 이해할 때 가능하다고 믿기 때문이다."

물론 청소년 여러분은 이렇게 반문할 수도 있다.

"앞으로 인공지능이 철학을 하지 않는다는 보장이 있을까요?"

하지만 인공지능이 철학을 하기 위해서는 우선 생각하는 능력이 있어야 한다. 어떤 과학자들은 인공지능이 500만 큐비트 양자컴퓨터를 탑재하면 생각과 감정과 마음을 갖기 시작할 수도 있다고 예측한다. 그런데 이제 72큐비트에 불과한 양자컴퓨터가 500만 큐비트를 돌파할 가능성은 현재로선 거의 없어 보인다. 아니, 가능하다 하더라도 앞으로 최소 100년은 걸릴 것이다. 문제는 인공지능이 500만 큐비트 양자컴퓨터를 탑재하더라도 바로 감정을 느끼거나 생각을 할 수 있는 게 아니라는 데 있다. 그럼 왜 일부 과학자들은 500만 큐비트를 주장하는 것일까? 인공지능이 적어도 500만 큐비트 양자컴퓨터를 탑재해야 그때부터 비로소 "인공지능이 인간처럼 감정을 느낀다거나 생각을 할 수도 있지 않을까?"라는 질문이 SF적 의미가 아닌 과학적·기술적 의미를 가진다고 보기 때문이다.

실리콘밸리의 천재들은 왜 철학에 빠졌을까

이쯤에서 재미있는 사실을 하나 덧붙이고 싶다. 인공지능 켄쇼를 만든 켄쇼 테크놀로지 창업자 대니얼 내들러도 어릴 때부터 철학과 문학에 깊이 빠졌던 사람이다. 그는 하버드 시절에 최초의 철학자 탈레스에 관한 논문을 쓰기도 했다. 그가 인문학도에서 인공지능 개발자로 변신한 것도 인공지능을 통해서 자신의 철학을 현실에 구현해보고 싶었기 때문이다. 아마도 대니얼 내들러도 빌 밀러처럼 인공지능을 이길 수 있는 최고의 무기가 철학이라고 인식하고 있을 것이다. 적어도 나는 그렇게 생각한다.

피터 틸은 현재 실리콘밸리에서 스티브 잡스와 일론 머스크를 뛰어넘는 미래 설계자라고 불리는 사람이다. 그는 마크 저커버그로부터 "틸로 인해 페이스북이 탄생할 수 있었다. 그는 내 삶의 최고 조언자다"라는 칭송을 받았는가 하면 실리콘밸리의 천재들로부터는 "우리들의 대부"라 불리고 있다.[33] 한마디로 그는 인공지능의 본산인 실리콘밸리의 스승이다. 피터 틸이 이곳에서 인공지능 기업

창업자들의 멘토가 될 수 있었던 비결은 간단하다. 인공지능이 가져올 미래에 대해서 누구보다 잘 알고 있었기 때문이다.

세계 최대 온라인 결제 서비스 기업인 페이팔PayPal을 창업해서 유튜브, 링크트인, 테슬라 등을 탄생시켰던 피터 틸은 2004년 빅데이터 분석 기업 팰런티어Palantir를 창업했다. 이미 페이팔 시절부터 인공지능을 활용해서 최고의 실적을 올린 바 있었던 그는 팰런티어에도 인공지능을 적극 활용했다. 덕분에 팰런티어는 기하급수적 성장을 했고, 현재는 CIA와 FBI를 비롯하여 전 세계의 국가정보기관을 고객으로 두고 있다. 그런데 팰런티어의 CEO는 창업 초기부터 지금까지 피터 틸이 아닌 앨릭스 카프가 맡고 있다.[34] 앨릭스 카프는 어떤 탁월한 능력을 갖고 있기에 피터 틸의 선택을 받았을까? 여기에 대해서 피터 틸은 이렇게 대답했다.

"앨릭스 카프에게는 철학하는 능력이 있기 때문이다."

앨릭스 카프는 현존하는 최고의 철학자 중 한 명인 위르겐 하버마스 밑에서 직접 철학을 배웠다. 물론 그렇다고 그가 철학만 한 것은 아니다. 그는 철학 박사 학위를 받자마자 스타트업으로 놀라운 성공을 거뒀을 만큼 탁월한 경영 능력을 갖고 있다. IT 기술과 인공지능에 정통함은 말할 것도 없다.

여기서 잠깐 우리나라 이야기를 하자면 우리나라 기업계가 지난 10여 년 동안 철학인문학을 열심히 공부했음에도 불구하고 별다른 혁신을 일으키지 못한 것은 철학인문학을 지식적으로만 접근했기 때문이다. 뭐랄까, 철학인문학서를 읽고 철학인문학 강의를 듣는 데에만 치중했다고나 할까? 우리나라 기업계의 철학인문학 열풍은 실리콘밸리에서 온 것이라고 생각해도 무방한데, 그렇다면 실리콘밸리의 기업가들은 우리나라 기업가들처럼 철학인문학을 '공부'하고 있을까?

아니다. 실리콘밸리의 기업가들은 철학인문학을 자신의 사업과 IT 기술에 직접적으로 적용하고 있다. 그들은 철학자이자 CEO이면서, IT 과학자이자 IT 기술자다. 또한 그들은 대학이라는 울타리에 갇힌 채 과거의 지식만 파고드는 철학자가 아니라 지금 눈앞에서 살아 움직이는 지식, 즉 기업 경영·IT·인공지능 등에 관해 탁월한 지식을 갖춘 철학자에게 경영 자문을 구한다.

이렇게 실리콘밸리에서는 인공지능 관련 기업 경영자들이 치열하게 철학을 하고 있다. 인간 고유의 공감 능력과 창조적 상상력을 극대화시킬 수 있는 도구, 그 어떤 강력한 인공지능도 무찌를 수 있는 최고의 무기가 철학이기 때문이다.

그 학교들이 철학을 교육의 핵심으로 삼은 이유

- NASA와 구글이 투자한, 인공지능 시대의 리더를 만드는 것을 목표로 하는 '싱귤래리티대학교'.
- 인공지능 시대의 리더를 길러내기 위해 강의를 폐지한 뒤 새로운 교육 과정을 도입하고 있는 하버드 · 스탠퍼드 · 예일 같은 '세계 최고의 명문 대학들'.
- 인공지능 시대에 맞는 인재를 길러내기 위해 IT 기기를 금하는 교육 과정을 가진 '실리콘밸리의 사립학교들'.
- 전기차 제조업체 테슬라 모터스와 민간 우주 탐사업체 스페이스X의 창업자 일론 머스크가 인공지능 산업의 일인자를 길러내기 위해 세운 사립학교 '애드 아스트라'.
- 인공지능 시대에 맞는 새로운 교육 과정을 적용 중인 '미국 · 유럽의 사립학교들'과 인공지능 시대를 맞이해서 150년 만의 교육 개혁을 단행한 '일본의 국공립학교들'.

이 학교들의 공통점은 교육 과정의 초점이 '철학하는 인간'을 길러내는 데 맞춰져 있다는 것이다. 물론 정도의 차이는 있다. 일론 머스크가 세운 애드 아스트라는 아예 철학자를 길러내고 싶어 하는 것 같다는 인상을 줄 정도로 강력하게 철학을 추구한다. 반면 다른 학교들은 애드 아스트라만큼은 아니다.

잠깐 애드 아스트라 이야기를 하자면, 이 학교는 모든 게 비밀에 싸여 있었다. 일론 머스크가 공개를 원하지 않기 때문이다. 그런데 최근 이 학교에서 어떤 교육을 하는지가 조금 밝혀졌다. 싱귤래리티대학교 공동설립자이자 민간 달 탐사 프로젝트로 유명한 엑스프라이즈 재단 회장 피터 디아만디스가 애드 아스트라를 방문한 뒤 언론 인터뷰를 했고, 애드 아스트라의 공동설립자이자 교장인 조슈아 단도 언론 인터뷰를 했기 때문이다. 두 사람이 밝힌 애드 아스트라는 이렇다.

"일론 머스크의 다섯 자녀를 포함하여 31명의 아이들이 다니고 있다.[35] 일곱 살부터 열네 살까지이고 평균 나이는 열 살이다. 실리콘밸리의 IT 기술, 특히 인공지능 기술 발달에 맞춰 매년 교육 과정을 새로 만든다. 학년은 존재하지 않는다. 대신 팀team이 존재한다. 성적 평가는 없다. 숙제도 거의 없다. 모든 교육 활동은 소크라테스식 대화법으로 진행된다. 인공지능 중심의 미래 사회에서 인류가 곧 당면할 문제들을 시뮬레이션하고 이에 대한 해결책을 철학적 대화와 토론으로 도출해내는 게 교육 과정의 핵심이다.[36] 여기에 더해 기업가 정신·리더십·수학·과학·공학·인공지능·로봇 등을 배운다. 교내에서 '아스트라'라고 하는 가상 통화를 사용한다. 경제를 배우기 위해서다. 체육·음악·외국어는 배우지 않는다."

앞에서 언급한 학교들의 이야기로 돌아가자. 이 학교들이 인공지능 시대의 새로운 교육으로 철학을 선택한 이유는 간단하다.[37] 철학은 인간 고유의 능력인 공감 능력과 창조적 상상력을 일깨우는 최고의 도구다. 즉 철학하는 인간은 인공지능에게 대체될 일이 없다. 아니, 인공지능을 지배하게 된다. 이는 역으로 말하면 철학하는 능력을 갖지 못한 인간은 인공지능에게 지배된다는 것이다.

이쯤에서 여러분에게 이런 질문을 던져보겠다.

"빌 밀러 같은 월 스트리트의 승자들, 피터 틸 같은 실리콘밸리의 천재들, 선진국의 미래형 학교들이 추구하는 '철학'은 어떤 것일까? 여러분이 알고 있는 '철학'과 같은 것일까, 아닐까?"

나는 스티브 잡스를 연구할 때부터 이 질문을 나 자신에게 던졌고, 답을 찾기 위해 많은 노력을 기울였다. 그리고 마침내 《생각하는 인문학》에 이렇게 썼다.

"고대 그리스 철학자들에게 '생각'은 영원히 변하는 일 없이, 영원히 존재하는 진리의 세계를 인식하는 행위였다. 그들은 이 행위를 일러 '노에시스νόησις'라 칭했다. 그리고 오직 철학하는 사람만이 노에시스를 할 수 있다고 선언했다. 그렇게 그들은 노에시스를 통해 찬란한 고대 그리스 문명을 건설했다. (…) 고대 로마의 아우구 스티누스는 고대 그리스의 '노에시스'에 해당하는 '코기토cogito', 즉 철학적 사고를 통해 약 1천 년에 달하는 중세 유럽 문명의 문을 열었고, 데카르트 역시 코기토를 통해 근대 유럽 문명의 문을 열었다. 그리고 라틴어의 코기토에 해당하는 영어 'think'는 현대 유럽 문명과 현대 미국 문명을 만들었다. 인문학적 의미의 think는 단순한 생각이 아니다. 새로운 인류 문명을 창조하거나 기존 인류 문명을 개선하는 행위다."

진짜 철학하는 방법, 트리비움

빌 밀러 같은 월 스트리트의 승자들, 피터 틸 같은 실리콘밸리의 천재들, 선진국의 미래형 학교들이 추구하는 '철학'은 우리가 알던 그 철학이 아니다. 인류 문명을 새롭게 창조하거나 개선할 수 있을 정도의 생각을 하는 능력이다. 물론 모두가 이런 거대한 생각을 할 수는 없다. 사실 이런 수준의 생각을 할 수 있는 존재는 플라톤이나 아리스토텔레스 같은 천재 철학자 정도일 것이다. 이건 다른 누구보다 빌 밀러나 피터 틸 같은 사람들이 더 잘 알고 있다.

그렇다면 이들이 현실적으로 생각하는 인공지능으로부터 나를 지키는 무기로서의 '철학'은 무엇일까? 새로운 문명을 창조하거나 기존 문명에 혁신을 일으킨 위대한 철학자들의 생각 시스템 위에서 "새로운 지식과 기술을 창조하거나 기존 지식과 기술에 혁신을 일으키는 생각을 할 수 있는 능력"이다.

철학적 사고 능력은 트리비움Trivium을 통해서 기를 수 있다. 트리비움은 '셋'을 뜻하는 라틴어 'tri'와 '길'을 뜻하는 라틴어 'vium'의 합성어로, 철학인문학을 하는 세 가지 길, 즉 문법학·논리학·수사학을 의미한다.

'문법학'은 철학서를 읽고 내용을 이해하는 것, '논리학'은 철학서에서 터득한 철학자의 사고법을 도구 삼아 내 생각을 하는 것, 즉 내 논리를 만드는 것, '수사학'은 내 생각을 글로 쓰고 나누는 것, 즉 다른 사람들의 공감을 얻는 것이라고 이해하면 되겠다.

하버드·MIT 같은 세계 최고 대학들, 실리콘밸리의 사립학교들, 미국·유럽의 미래형 사립학교들, 일본의 인공지능 시범학교들이 트리비움 중에서도 가장 중요하게 생각하는 것은 수사학이다. 특히 글쓰기에 중점을 두고 있다.

여러분도 지금 당장 종이와 펜을 꺼내서 '행복'을 주제로 글을 써 보자. 갑자기 머리가 아파질 것이다. 그동안 그리 깊게 생각하지 않았던 행복의 의미에 대해서 파고들어야 하기 때문이다. 어디 이뿐인가. 펜을 들기 전에는 생각지도 못했던 다양한 질문들, 예를 들면

"무엇이 진정한 행복인가?", "내가 진정으로 행복해지려면 어떤 생각을 해야 하고 무슨 행동을 해야 하며 누구와 함께해야 하는가?", "내가 추구하는 행복이 내 주변의 사람들 또는 내가 속한 공동체가 추구하는 행복과 차이가 있다면 나는 어떻게 해야 하는가?" 등등을 스스로에게 던지고 답을 얻기 위해 분투하는 자기 자신과 마주할 것이다. 여기에 더해 내가 쓴 글을 다른 사람들에게 읽어주고 그들의 공감과 지지를 얻어야 한다고 생각해보자. 글을 쓰는 내내 머리와 가슴에 불꽃이 튈 것이다. 자신도 모르게 가상의 인물들을 눈앞에 놓고, 온 마음을 다해 그들을 설득하면서 글을 쓰게 될 것이다. 한마디로 트리비움의 수사학을 실천하면 자신도 모르게 다음 네 가지 능력을 기르게 된다.

1. 깊게 생각하는 능력
2. 생각논리을 정밀하게 다듬는 능력
3. 생각논리을 알기 쉽게 표현하는 능력
4. 다른 사람들과 공감하는 능력

아마도 여러분은 이미 알아차렸겠지만, 첫 번째와 두 번째는 창조적 상상력을 길러주고, 세 번째와 네 번째는 공감 능력을 길러준다. 즉 트리비움의 수사학을 하는 것만으로도 인공지능은 절대로 가질 수 없는 인간 고유의 능력을 기를 수 있다. 그래서 미국·유럽·일본의 미래형 학교들이 수사학을 교육 과정의 핵심으로 삼고 있다.

미래는 철학에 달려 있다

철학한다는 것은 어떤 의미일까? 철학서를 읽고, 내용을 파악하고, 토론하는 정도일까? 아니다. 이는 그저 철학에 대한 지식을 쌓고 나누는 과정일 뿐이다. 하지만 미래에는 인공지능이 그 일을 여러분과 비교도 할 수 없을 정도로 완벽하게 할 것이다.

이제 여러분은 진짜 철학을 해야 한다. 철학자들의 사고법을 도구 삼아 자신의 머리로 스스로 생각할 수 있어야 한다. 아니, 철학자들의 사고법을 뛰어넘어 자신만의 사고법을 창조하려 노력해야 한다. 여러분의 내면에서 논리적으로 다듬어진 생각들을 설득력 있게 글로 쓸 수 있어야 하고, 여러분의 글을 사람들과 마음으로 나눌 수 있어야 한다.

이 책의 처음부터 지금까지의 이야기를 들어온 여러분은 이제 인공지능이 대다수 인류를 지배하는 미래가 어떤 모습일지, 그

미래를 대비하기 위해 어떤 능력을 키워야 할지 깊게 깨달았을 것이다. 사실 그 미래는 이미 여러분 곁에 와 있다. 아직 널리 퍼지지 않았을 뿐이다. 철학하라! 오직 철학하라! 여러분의 미래는 철학에 달려 있다!

에이트 06
바라보고, 나누고, 융합하라

미국 컬럼비아대학교 의대에서는 학생들이 수업 시간에 소설을 집필한다. 미래에 의사가 갖춰야 할 필수적인 능력이 환자의 심적·육체적 두려움과 고통에 공감하고 환자와 질병을 창의적으로 대하는 것인데, 소설 창작이 이를 잘 키워줄 수 있다고 믿기 때문이다.

일본 인공지능 교육혁명의 뿌리인 프랑스 바칼로레아는 철학과 더불어 문학이 필수다. 프랑스 학생들은 시·소설·수필·희곡 같은 문학 작품을 읽은 뒤 소논문을 쓰고 이를 다른 학생들과 나눈다. 트리비움의 수사학에 입각한 문학 교육을 받고 있는 것이다. 학교 시험과 대학 입시에도 문학이 등장한다. 학생들은 문학 작품을 읽고 분석한 뒤 자신만의 상상력을 동원해서 소논문을 쓴다. 시험관이 제시한 문학 작품 발췌문을 읽고, 시험관의 질문에 답하는 구술시험도 있다. 학생과 시험관이 일종의 문학 토론을 한다고 보면 될 것이다. 가장 창의적인 분석을 하고창조적 상상력이 가장 뛰어나고, 이를 글로 가장 잘 쓰고자신의 창조적 생각을 가장 잘 표현하고, 가장 잘 설명한공감 능력을 가장 잘 발휘한 학생이 가장 좋은 점수를 받고 가장 좋은 대학에 진학한다.

인공지능 교육 프로젝트 STEAM과학·기술·공학·예술·수학 융합 인재교육, MINT수학·정보통신·자연과학·기술 중심 영재교육, 4C비판적 사고 능력·창의력·의사소통 능력·협업 능력 교육 등을 운영 중인 독일 · 미국 · 영국 · 호주 · 핀란드 등도 마찬가지다. 철학과 함께 문학을 필수적으로 가르치고 있다. 물론 교육 방식은 트리비움을 따르고, 그중에서도 수사학에 중점을 둔다.

미국 · 유럽 · 일본의 CEO들이 인공지능 시대를 앞두고 자기계발 차원에서 가장 심혈을 기울이고 있는 분야가 철학 · 문학이다. 대표적으로 실리콘밸리에서는 지금 철학자와 문학가가 큰 인기를 누리고 있다. 이들은 높은 학문적 소양을 갖췄을 뿐 아니라 IT 철학과 인공지능 윤리 등은 물론이고 기업 경영과 기업 문화 등에 정통하다. 덕분에 이들의 철학 · 문학은 미래를 통찰하고 시대 변화를 주도하고자 하는 CEO들에게 영감을 주고, 공감 능력과 창조적 상상력을 혁신적으로 성장시키고, CEO를 4차 산업혁명 시대의 리더로 만들어준다.

예일대 의대의 미술 수업과 서양 사립학교의 역사 수업

청소년 여러분은 그동안 많은 문학 작품을 읽었을 것이다. 그런데 작품을 읽은 후 여러분만의 독창적인 분석을 하거나 의견을 가진 적이 있는가? 여러분의 독창적인 분석과 의견 등을 글로 쓰고 이를 다른 사람들과 나눈 적이 있는가? 앞으로는 그렇게 해야 한다. 내면의 공감 능력과 창조적 상상력을 일깨우기 위해서다. 그런데 어떻게 하면 이 두 능력을 일깨우는 문학 독서를 할 수 있을까? 다음 두 가지 수업 방식을 살펴보자.

예일대학교 의대에서 최고로 꼽히는 수업은 놀랍게도 의학 수업이 아니라 미술 수업이다. 의대생들은 교수와 함께 미술관으로 가서 미술 작품을 정밀하게 관찰한 뒤 이를 다른 학생들과 나눈다. 그런데 이 과정은 독자가 문학 작품을 정밀하게 읽은 뒤 자신만의 관점으로 작품을 분석하고 이를 다른 독자들과 나누는 과정과 유사하다. 미술과 문학의 융합이라고 할까. 예일대 의대가 이런 수업을 하는 이유는 간단하다. 단순히 의학 지식과 기술만 습득한 학생은 환자를 기계처럼 대하는 의사가 될 가능성이 높지만, 미술관 수업을 병행한 학생은 환자와 창의적으로 공감하고 소통하는 의사가 될 가능성이 높다고 판단하기 때문이다.

미국과 유럽의 사립학교들, 특히 기독교 고전 학교들의 교육 방식은 트리비움이다. 나는 이 학교들의 역사 교육을 중점적으로 연구한 적이 있는데, 교사가 아이들에게 아직 배우지 않은 어떤 역사적 사건의 결말을 상상하게 하고 이를 글로 쓰고 발표하게 한 뒤, 진짜 역사의 결말과 비교해보게 하는 수업이 가장 인상적이었다. 그러니까 교사가 아이들에게 "청나라 화승총 부대도 패배시킨 러시아 '플린트 락 머스킷' 부대가 조선 조총 부대와 전투를 벌인다면, 어떤 결과가 나올까?"라는 질문을 던진 뒤 아이들로 하여금 그 결과를 자유롭게 상상하게 하고, 이를 글로 쓰고 발표하게 한 뒤 실제 역사, 즉 '나선정벌羅禪征伐'의 결과를 알려주고 이와 비교하게 하는 것이다. 자신이 잘 모르는 역사적 사건의 결말을 상상해보는 데에는 강력한 문학적 상상력이 필요하다. 그 당시 사람들의 머릿속과 마음속에 들어가야 하기 때문이다. 이 과정 자체가 공감 능력과 창조적 상상력을 크게 발전시킨다. 여기에 더해 실제 일어난 역사적 사건의 결말과 비교하는 과정을 거치면 어떻게 될까? 공감 능력과 창조적 상상력이 정밀해진다. 한마디로 역사와 문학의 융합이라고 할 수 있는데, 이는 인공지능 시대에 인간이 반드시 갖춰야 할 인간 고유의 능력을 기르는 데 최고의 효과를 발휘한다.

그러므로 나는 여러분에게 예일대 의대의 미술관 수업 방식과 서양 사립학교들의 역사 수업 방식을 참고하여 내면의 공감 능력과 창조적 상상력을 일깨우는 문학 독서를 하라고 권하고 싶다.

인공지능은 '트롤리 딜레마'를 판단하지 못한다

인공지능 기술이 발달할수록 중요해지는 게 있다. 윤리·도덕적 판단이다. 구글이 기술 개발을 주도하고 있는 인공지능 자율주행차를 보자. 사실 자율주행차 기술은 거의 완성되었다고 해도 과언이 아니다. 안정성 등에 있어서도 인간보다 낫다는 평가를 받고 있다. 그런데 왜 도로에서 자율주행차를 찾아볼 수 없는 것일까? 윤리·도덕적 문제가 아직 해결되지 않았기 때문이다.[38]

실리콘밸리를 뜨겁게 달궜던 논문, "인공지능 자율주행차가 누군가를 살해하도록 설계되어야 하는 이유"에 나오는 문제를 보자.[39] 이 논문은 영국의 윤리·도덕 철학자 필리파 풋이 제안한 '트롤리 딜레마Trolley dilemma'를 자율주행차에 적용했는데, 다음 세 가지 상황을 가정하고 있다. 참고로 트롤리 딜레마는 트롤리 전차의 브레이크가 고장 난 상태에서 다수를 구하기 위해 소수를 희생할지를 판단해야 하는 곤란한 상황을 가리킨다.

1. 직진하면 열 명을 치고, 급히 방향을 틀면 한 명을 친다.
2. 직진하면 한 명을 치고, 급히 방향을 틀면 운전자가 중상을 입거나 사망한다.
3. 직진하면 여러 명을 치고, 급히 방향을 틀면 운전자가 중상을 입거나 사망한다.

이 상황 앞에서 인공지능은 각각 어떤 판단을 내려야 할까? 여기에 대해 많은 석학들이 의견을 제시했지만 그 누구도 세 가지 상황이 마주한 윤리·도덕적 문제를 완벽하게 해결하지 못했다. 앞으로도 이 문제가 완벽하게 해결되는 일은 없을 것이다. 물론 인공지능 자율주행차는 이 문제의 해결 여부와 상관없이 도로를 주행하기 시작할 것이다. 하지만 인공지능 자율주행차 제조사들이 여기에 대해 완벽한 답까지는 아니더라도 지금 수준의 답들을 훌쩍 뛰어넘는 어떤 훌륭한 답을 내놓지 못한다면, 인공지능 자율주행차가 전 세계 도로에 가득 차는 일은 일어나기 힘들다. 실리콘밸리에서 철학[윤리·도덕학]이 전성기를 맞이하고 있는 것에는 이런 이유도 있다.

한편으로 이는 무엇을 의미하는가? 미래에는 인공지능이 마주

할 윤리·도덕적 문제를 미리 헤아려 짐작하고, 이를 해결하는 능력을 가진 기업과 인재가 인공지능 산업의 리더가 된다는 것이다. 그래서 구글·마이크로소프트·애플 등 세계적인 인공지능 기업들과 하버드·스탠퍼드·MIT 같은 세계적인 대학들이 인공지능 윤리연구소 등을 세우고 인공지능의 윤리·도덕적 문제 해결에 주력하고 있다. 그리고 선진국의 미래형 학교들이 윤리·도덕 철학을 교육 과정의 핵심 중 하나로 삼고 있다. 특히 인공지능 산업의 일인자를 키워내고자 하는 목표를 가진 일론 머스크의 애드 아스트라는 아예 교육 과정 전체를 인공지능 중심의 미래 사회에 필요한 윤리·도덕적 문제를 미리 예측하고 이에 대한 판단 능력을 기르는 내용으로 채우다시피 하고 있다.

실리콘밸리에서 문학은 윤리·도덕적 문제를 미리 예측하고 이에 대한 판단 능력을 기르는 도구로 사용되고 있다. 대표적으로 스탠퍼드대 교수이자 스탠퍼드대 D스쿨의 공동창립자인 버나드 로스가 스탠퍼드대 D스쿨에서 진행하고 있는 존 스타인벡의《분노의 포도》문학 수업을 보자. 버나드 로스의《성취 습관The Achievement Habit》에 따르면, 그는 학생들에게 미국 대공황기에 평범한 미국 가정들이 빈민으로 몰락하는 과정을 사실적으로 그린 소설《분노의 포도》에서 발췌한 '트랙터 경작'을 읽게 한다.

내용은 이렇다. 주인공이 감옥에서 나와 집에 돌아와 보니 가족들은 물론이고 마을 사람들이 다들 떠날 준비를 하고 있다. 지주地主인 은행이 대리인들을 보내서 앞으로는 기계로 농사를 지으면 되기에 소작농이 필요 없으니 떠나라고 통보했기 때문이다. 실제로 은행은 트랙터 한 대를 보내서 농사를 짓게 하는데, 이 트랙터가 소작농 100명이 하는 일을 해낸다. 마을 사람들은 새롭게 발명된 기계 한 대 때문에 졸지에 실업자가 되고, 정든 고향을 떠나야 하는 것이다. 그런데 씁쓸하게도 트랙터 운전사는 같은 마을 사람이다. 트랙터 운전사는 분노하는 마을 사람에게 먹고살기 위한 어쩔 수 없는 선택이었다고 말한다. 그리고 트랙터로 집을 부수고 농지로 만든다면 총으로 쏘겠다는 협박에도 어차피 자신이 죽어도 은행은 다른 트랙터 운전사를 보낼 것이라고 대답한다. 아무튼 마을은 이렇게 트랙터 한 대로 초토화되고, 사람들은 입에 풀칠이라도 하고자 타지로 간다. 주인공도 가족과 함께 일자리가 넘친다는 캘리포니아로 떠난다. 하지만 막상 캘리포니아에 도착해보니 또 다른 생존 지옥이 펼쳐진다.

버나드 로스는 글을 읽은 학생들에게 이렇게 질문한다.

"만일 여러분이 소설 속의 트랙터 운전사 같은 상황에 처해 있다면, 그러니까 트랙터를 운전하는 것 말고는 가족을 부양할 더 나은 방법이 없다면 어떻게 하겠습니까? 기꺼이 트랙터를 운전하겠습니까? 아니면 트랙터를 운전하지 않겠습니까? 물론 어떤 선택을 해야 좋을지 몰라 그저 갈팡질팡하고만 있을 수도 있겠지요. 어떻습니까? 여러분은 이 세 경우 중 어디에 해당될 것 같습니까?"

그리고 이렇게 덧붙인다.

"이 이야기는 전형적인 윤리·도덕적 문제를 대변하고 있습니다. 트랙터 운전사는 자신이 하는 일이 마을 사람들의 삶을 파괴하고 있다는 사실을 잘 알지만 가족을 부양하기 위해서는 달리 방법이 없습니다. 결국 그는 자기 합리화와 자기 정당화를 선택합니다. 자신이 트랙터를 몰지 않더라도 토지의 소유자인 은행은 다른 누군가를 보내서 트랙터를 운전시킬 거라고요."

다음으로 이어지는 것은 인간의 자기 합리화와 자기 정당화를 윤리·도덕적으로 어떻게 판단할 것인가에 대한 토론이다.

나는 스탠퍼드대 D스쿨의 '문학 작품을 활용한 윤리·도덕적 문제의 판단력 및 해결력 기르기' 수업을 접하면서 우리의 현실을 돌아보게 되었고 충격을 받았다. 《성취 습관》이 미국에서 출간된 해는 2015년이다. 그렇다면 적어도 이 수업은 그 이전부터 시작되었을 것이다. 그런데 우리는 지금 어떤가?

앞에서 이야기한 것처럼 문학은 철학과 함께 인공지능은 절대로 가질 수 없는 인간 고유의 능력인 공감 능력과 창조적 상상력을 길러준다. 또한 문학은 인공지능이 마주한 윤리·도덕적 문제의 본질적인 부분을 다루는 데에도 활용되고 있다. 대표적으로 아이작 아시모프가 1942년에 출간한 SF 소설《런어라운드Runaround》에서 제시한 로봇 3원칙[40]은 오늘날 인공지능이 마주한 거의 모든 윤리·도덕적 문제의 원천이 되고 있다.

인공지능은 윤리·도덕적 문제를 판단하고 해결하는 능력이 없다. 이는 인간의 영역이다. 윤리·도덕적 문제를 판단하고 해결하는 능력을 기르고 싶다면 철학, 특히 윤리·도덕학과 문학의 융합을 추구하라. 예를 들면 도스토옙스키가 집필한《죄와 벌》을 읽어보라. 그리고《죄와 벌》이 다루고 있는 윤리·도덕적 문제들을 인공지능 시대의 인류가 마주할 윤리·도덕적 문제들에 대입해보고, 여기에 대한 해결책을 구체적으로 제시해보라. 이것이 앞으로 여러분이 추구해야 할 철학과 문학의 융합이다.

에이트 07

문화인류학적 여행을 경험하라

조지 앤더스의 《왜 인문학적 감각인가You Can Do Anything》를 보면 IBM에 특채로 들어가서 인공지능 왓슨 개발 프로젝트에 투입된 올리버 미커의 이야기가 나온다. 그런데 놀랍게도 그는 IBM에 입사할 당시 인공지능에 대해서 아는 게 거의 없었다. 그렇다면 IBM은 왜 그를 뽑았을까? 그리고 왜 왓슨 개발팀에 배치했을까?

올리버 미커에게는 문화인류학적 여행을 한 경험이 있었다. 문화인류학적 여행이란 적게는 몇 개월, 많게는 몇 년 동안 현지에 거주하면서 현지인들의 삶에 깊게 녹아드는 여행을 말한다. 뭐랄까, 나와 전혀 다른 환경에서 전혀 다른 삶을 살아온 사람들의 진짜 문화를 온몸으로 경험한다고나 할까. 이런 여행을 한 번이라도 제대로 하면 인간과 세상을 바라보는 관점이 근본적으로 바뀐다.

세계의 수재들이 가고 싶어 하는 '미네르바 스쿨'

2014년 개교한 미네르바 스쿨은 하버드·예일·스탠퍼드보다 들어가기 어려운 대학으로 유명하다. 실제로 미네르바 스쿨과 하버드·예일·스탠퍼드 등에 동시 합격한 학생들은 보통 미네르바 스쿨을 선택한다. 설립된 지 얼마 되지 않은 이 대학이 이토록 강렬한 존재감을 드러내는 것은 교육 과정이 철저하게 인공지능 시대의 리더를 기르는 데 맞춰져 있기 때문이다. 물론 하버드·예일·스탠퍼드 등도 인공지능 시대의 리더를 기르는 교육 과정을 운영하지만, 대학의 전체적인 시스템과 분위기는 3차 산업혁명 시대를 벗어나지 못했다. 하지만 미네르바 스쿨은 모든 게 4차 산업혁명 시대를 향해 있다.

미네르바 스쿨의 교육 과정은 문화인류학적 여행 그 자체라 해도 과언이 아니다. 이 대학의 기숙사는 한국서울, 미국샌프란시스코, 영국런던, 독일베를린, 대만타이베이, 아르헨티나부에노스아이레스, 인도하이데라바드에 있다. 학생들은 4년 동안 이 도시들에 거주하면서 현지 문화와 산업을 배운다. 물론 인문학·수학·과학·인공지능 등도 배운다. 교육 방식은 하버드 의대가 2019년에 도입한 플립러닝이다.[41]

미네르바 스쿨이 학생들로 하여금 4년 동안 문화인류학적 여행을 하게 하는 이유는 간단하다. 문화인류학적 여행을 하다 보면 자신도 모르게 서로 다른 문화를 가진 사회들을 연결하는 능력을 갖게 되는데, 이 문화 연결 능력이 인공지능은 절대 가질 수 없는 인간 고유의 능력인 공감 능력과 창조적 상상력을 크게 길러줄 수 있다고 판단하기 때문이다.

제프 다이어와 할 그레거슨의 연구는 미네르바 스쿨의 판단을 지지하고 있다. 두 사람은 경영 전략과 리더십 분야의 세계적인 권위자인데, 애플이나 아마존 같은 세계적인 기업의 창업주 25명, 혁신적인 제품을 발명했거나 창조적인 기업을 세운 사람 500명, 창의적이고 혁신적이라는 평가를 받는 기업 임원 3천 명을 무려 8년 동안 연구한 것으로 유명하다. 이 세 그룹, 그러니까 3,525명의 공통점은 무엇일까? 공감 능력과 창조적 상상력이 탁월하다는 것이다.[42] 그렇다면 이들의 공감 능력과 창조적 상상력의 원천은 어디서 비롯되었을까? 두 사람은 이렇게 설명한다.

"그들은 문화인류학자처럼 관찰하는 사람들이다. 그들의 공감 능력과 창조적 상상력은 문화인류학에 기반을 두고 있다."[43]

제프 다이어와 할 그레거슨이 연구한 창조적 혁신가들은 대부분 문화인류학적 여행을 한 경험이 있는 사람들이다. 대표적으로 스티브 잡스는 애플을 창업하기 전 인도에서 약 8개월 동안 문화인류학적 여행을 했다. 후일 그는 이때의 인도 여행이 자신의 삶에 큰 영향을 미쳤다고 고백했다.

IBM은 왜 인공지능 문외한인 직원을 채용했을까

올리버 미커 이야기로 돌아가자. 그는 대학 시절 인문학부 교수의 제안으로 한 학기 동안 베트남에서 살게 되었는데, 이때 인생을 바라보는 관점이 근본적으로 바뀌었다. 베트남에 가기 전까지만 해도 그는 로펌 변호사를 꿈꾸는 전형적인 미국 대학생이었다. 하지만 베트남에서 현지인들과 어울리면서 세상에는 다양한 형태의 삶이 있고, 자신이 마음먹기에 따라 얼마든지 새로운 형태의 삶을 살 수 있음을 알게 되었다. 미국이라는 사회의 틀에 자신을 맞추고 기계처럼 살아가는 것이 최선의 삶이 아닐 수도 있음을, 자신이 편안함을 느끼는 어떤 사회에서 물 흐르듯 자연스럽게 살아가는 게 인간다운 삶일 수 있음을 깨닫게 된 것이다.

교환 학기를 마치고 미국으로 돌아온 올리버 미커는 졸업하자마자 다시 베트남으로 향했다. 그리고 4년을 거주했다. 그는 베트남에서 어떻게 살았을까? 일반적인 여행자들처럼 관광 위주인 삶을 살았을까? 아니다. 그는 현지에 깊이 녹아들었다. 그는 교환학기 시절에도 호찌민과 보응우옌잡 장군의 리더십을 리 아이어코카미국 자동차 산업의 전설로 불리는 기업가의 리더십과 비교하는 논문을 썼을 정도로 현지 역사와 문화를 통해 자신이 속한 사회를 바라보는 일에 열심이었는데, 이번엔 아예 현지인들로 가득한 베트남 회사에 취직했다. 그리고 베트남의 기업 문화를 연구했으며, 미국의 프랜차이즈 기업을 베트남에 들여오는 일까지 했다. 그렇게 그는 자신이 태어나고 자란 사회와 여행생활자로 몸담은 사회를 문화인류학적으로 치열하게 연결시키면서 입체적으로 성장했다.

IBM은 올리버 미커의 문화인류학적 여행 경험을 높이 샀다. 그리고 그에게 IBM의 인공지능 프로젝트와 비즈니스 프로젝트를 연결하는 일을 맡겼다. 올리버 미커는 문화인류학적 여행에서 얻은 지혜를 활용해서 IBM 인공지능 개발팀에 스스로를 잘 연결시켰고, IBM에 입사하기 전의 자신처럼 IBM 인공지능 프로젝트에 대해서 잘 모를 수밖에 없는 사업가들과 투자자들을 잘 연결시킬 수 있었다. 그렇게 그는 베트남 기업과 미국 기업을 문화적으로 잘 연결시켰던 것처럼 인공지능과 비즈니스를 연결하는 프로젝트를 훌륭하게 수행했고, 이후 더 큰 프로젝트를 맡게 되었다.

여행자가 아닌 생활인으로, 이방인이 아닌 현지인으로

인공지능 로봇이 여행을 한다고 가정해보자. 어떤 여행을 인간보다 더 잘할 수 있을까? 우리나라 여행의 양대 산맥이라고 할 수 있는 패키지여행과 배낭여행이다. 인공지능 로봇은 먹지도 마시지도 쉬지도 자지도 않으면서 여행할 수 있다. 전 세계 여행사들의 여행 스케줄을 학습하여 가장 이상적인 패키지여행을 할 수 있고, 인간 배낭여행자는 감히 엄두도 못 낼 아마존 오지는 물론이고 해저와 달나라까지 여행할 수 있다.

인공지능 로봇이 절대 할 수 없는 여행은 무엇일까? 현지인들과 깊은 인간관계를 맺고 이를 통해 세상과 인간을 바라보는 관점을 변화시키는 문화인류학적 여행이다. 물론 인공지능 로봇도 다른 나라의 도시에서 오랫동안 머물 수는 있다. 하지만 그 도시의 사람들과 인격적인 교류를 할 수 없기에 현지 사회와 문화에 깊게 녹아들 수 없다. 그리고 이런 경험을 통해 자신이 태어나고 자란 사회의 문화와 현지 사회의 문화를 내면적으로 연결시키는 일도 할 수 없다. 이는 공감 능력과 창조적 상상력의 영역이기 때문이다. 이것이 IBM 같은 세계적인 인공지능 기업이 문화인류학적 여행 경험을 한 인재를 뽑고, 미네르바 스쿨같이 인공지능 시대에 특화된 대학이 문화인류학적 여행을 핵심 교육 과정으로 삼고, 인공지능 교육 프로젝트 STEAM, MINT, 4C 등을 운영 중인 독일·미국·영국·호주·핀란드 등의 학교들이 문화인류학적 여행을 교육 과정으로 편성한 이유다.

청소년 여러분에게 간절히 부탁하고 싶은 게 있다. 일생에 한 번은 문화인류학적 여행을 해보라. 여행자가 아닌 생활인으로, 이방인이 아닌 현지인으로 다른 나라에서 가능하다면 적게는 몇 달, 많게는 몇 년을 살아보라. 물론 이런 여행을 하기 위해서는 시간적·경제적 여유가 필요하기에 실천하기 힘든 일임을 잘 안다. 나 역시 오래전부터 폴레폴레 회원들과 문화인류학적 여행을 해왔는데, 그 기간은 짧을 수밖에 없었다. 하지만 해외 빈민촌에 학교를 짓고, 회원들과 함께 비행기를 타고 날아가서 현지인들과 함께 시간을 보내고, 학교 준공식을 하면서 우리는 현지인들과 진심으로 공감하고 그들을 위해 무엇을 할 수 있을지 고민했기에 인간적으로 부쩍 성장하게 되었다. 사실 이것이 문화인류학적 여행의 본질이다.

그러니 여러분도 문화인류학적 여행을 해보라. 더 많은 문화와 사람들을 이해하려 노력하고, 세상을 연결하여 가급적 많은 사람들이 더 나은 삶을 살 수 있도록 노력하라. 이런 마음만 있다면 설령 짧은 기간일지라도 스스로를 문화인류학적으로 성장시킬 수 있다.

새로운 시대는 기계처럼 사는 인간의 시대가 아니다. 가장 인간답게 사는 인간의 시대다. 여러분을 가장 인간답게 만들어주는 여행, 그것은 문화인류학적 여행이다.

에이트 08

'나'에서 '너'로, '우리'를 보라

EBS TV 〈다큐프라임〉에서 방영한 "4차 산업혁명 시대: 교육 대혁명"에는 노벨상 수상자를 세 명이나 배출한 일본 쓰쿠바대학교 대학원에서 운영하는 특별한 교육 과정이 나온다. 일본 인공지능 교육혁명의 실행자라고 할 수 있는 국제 바칼로레아 교사 양성 과정이다. 나는 이 과정을 보다가 특이한 점을 발견했다. 필수 이수 과목에 철학·예술·논문 쓰기·발표·평가·지도 ·언어·수학·과학·사회에 이어 '봉사'가 있었기 때문이다.

혹시나 해서 일본처럼 인공지능 교육 프로젝트를 진행 중인 미국·영국·독일·호주·핀란드 등의 교육 과정을 살펴봤더니 역시 봉사가 있었다. 대표적으로 미국 최고의 사립학교인 필립스 엑서터 아카데미는 학생이 학교에 나오는 대신 빈민촌 등에서 봉사 활동을 하면 그 기간만큼 학업 이수를 한 것으로 인정한다.

일본을 비롯해서 미국·영국·독일·호주·핀란드 같은 인공지능 선진국들은 도대체 왜 봉사를 '인공지능에게 대체되지 않는 나를 만드는 교육'의 핵심 중 하나로 삼았을까?

인류 사회의 가장 낮은 곳에서 고통받으면서 살고 있는 누군가를 조건 없이 섬기는 것은 오직 인간만이 할 수 있는 고귀하고 숭고한 일이기 때문이다.

봉사도 공감과 창의성이 중요하다

인공지능은 봉사 활동을 할 수 없을까? 그렇지 않다. 봉사 활동은 열악한 환경 속에서 진행되는 경우가 많아 정신적으로, 육체적으로 지치기 쉽다. 해외 빈민촌 봉사 같은 경우에는 현지 문화에 적응하지 못해 어려움을 겪을 수도 있고, 현지인들과 언어가 통하지 않는 문제로 불편을 겪을 가능성도 높다. 하지만 인공지능 로봇은 정신적으로든 육체적으로든 지칠 일이 없다. 현지 문화에 적응하지 못하거나 언어가 통하지 않는 문제도 없다. 봉사지에 투입되기 전에 완벽하게 학습할 테니까 말이다.

인공지능 로봇은 세계 최고 수준의 봉사 활동 전문가들의 노하우를 습득해서 봉사 활동 프로그램을 만들 것이고, 정확하게 실행할 것이다. 즉 매뉴얼대로 하는 봉사 활동은 인간이 인공지능을 따라갈 수 없다. 하지만 진정한 봉사 활동은 공감도 창의성도 결여된 기계적인 활동을 넘어선, 모든 생명의 삶을 소중하게 여기는 마음이 담긴 활동이 아닐까.

청소년 여러분도 봉사 활동을 해본 적이 있을 것이다. 그때 여러분은 어떤 마음과 노력으로 활동했는가? 만들어진 매뉴얼대로, 공감과 창의성이 결여된 채 기계적인 봉사 활동을 했는가? 아니면 어려운 환경에 처한 타인과 공감하고 우리 사회에서 더 개선되어야 할 환경은 없는지 궁리해봤는가?

몇 년 전의 일이다. 국내는 물론이고 해외 봉사 활동까지 열심인 지인으로부터 우리나라의 십 대 세 명이 아프리카의 식수 문제를 해결하는 프로젝트를 진행하고 있다는 말을 들었다.[44] 그것도 중고 압력 밥솥으로 말이다. 며칠 뒤 나는 그 십 대들 중 한 명을 만나서 아프리카 식수 프로젝트에 대해 배웠고, 홍콩과 에티오피아를 경유해서 탄자니아로 갔다.

현장에서 직접 두 눈으로 보니, 압력 밥솥 식수 프로젝트는 혁신

중의 혁신이었다. 그 과정은 이렇다. 부엌에 흙으로 구멍 두 개짜리 화덕을 만든 뒤 한쪽 구멍에 압력 밥솥을 설치하고 다른 쪽 구멍에 냄비나 프라이팬을 올려놓는다. 이때 압력 밥솥 안에 모래와 숯으로 정수한 물을 넣는다. 평소대로 냄비나 프라이팬으로 음식을 조리하기 위해 화덕에 불을 때면 압력 밥솥 안의 물도 끓게 되면서 수증기를 다량으로 생성하고, 이 수증기가 압력 밥솥과 연결된 작은 관을 타고 물통으로 가서 냉각되면 마실 수 있는 물이 된다. 정말이지 이 프로젝트는 설치, 사용법, 비용, 효율 등 모든 면에서 최고였다.

도대체 이 세 명은 어떻게 이처럼 멋진 프로젝트를 구상하고 또 실현할 수 있었을까? 내가 보기에 그들은 "아프리카에 가서 봉사 활동을 하자!"라는 결정을 내리기 전에 스스로에게 "우리가 아프리카를 위해 무엇을 할 수 있을까?"라는 질문을 먼저 했기 때문이다. NGO Non-Governmental Organization, 비정부 기구에서 제시하는 봉사 활동 프로그램을 기계적으로 따르는 대신, 자신의 두뇌와 가슴을 믿고 공감 능력과 창조적 상상력을 최대한 발휘했기 때문이다.

물론 NGO의 봉사 활동 프로그램은 그 자체로 의미 있고 아름다운 일이다. 또한 현실적으로 봉사 활동 초보자는 NGO 매뉴얼의 도움을 받아야 한다. 현장이 만만치 않기 때문이다. 해외 현장의 경우에는 언제든지 사고가 날 위험성이 있다. 이 경우 NGO의 매뉴얼은 큰 도움이 된다. 세 명의 십 대 역시 NGO에서 일하던 실무자들이 만든 팀에 소속되어 프로젝트를 진행했다. 만일 그렇지 않았다면 압력 밥솥 식수 프로젝트를 아프리카 현장에서 실현하는 일은 불가능에 가까웠을 것이다. 단 봉사 활동을 할 때 NGO와 함께하되 종속되지는 말고, 여러분의 공감 능력을 바탕으로 창조적 혁신에 도전하자.

인간을 인간답게 만드는 것

인공지능 시대에 '인권'은 윤리·도덕적 문제의 핵심이 된다. 인공지능 문명이 필연적으로 야기할 인간 소외 문제는 인권의 관점에서 접근할 때만 해결점이 보이기 때문이다. 이는 무엇을 의미하는가? 인공지능 시대에는 '인권 문제에 관한 지식을 얼마나 가지고 있는가'와 '인권 문제를 해결하는 능력을 얼마나 갖췄는가'가 중요하다는 것이다. 여기에 대해 잘 알고 있는 선진국들은 정부와 기업과 학교가 협력해서 인권 교육을 강화하고 있다.

인권 문제에 관한 지식과 해결 능력은 보통 인권 사각지대에 있는 사람들의 인권 문제를 해결하기 위해 노력할 때, 그러니까 그들

이 겪는 어려움을 진심으로 공감하고 인권 개선을 위한 방법을 모색할 때 가장 잘 기를 수 있다.[45]

'인공지능에게 대체되지 않는 나를 만드는 법'의 핵심은 인간다운 인간이 되는 것이다. 인간다운 인간은 어떻게 될 수 있을까? 인공지능에 대체되지 않는 인간 고유의 능력을 갖기 위해 노력하면 되는 것일까? 그보다는 인공지능과의 경쟁에서 이겨야 한다는 생각 자체를 초월할 때, 내 안의 인간성 자체에 집중할 때, 나만 아는 인간에서 너와 우리를 아는 인간으로 성장할 때 우리는 비로소 인간다운 인간이 된다. 그리고 너와 우리를 아는 삶의 핵심은 사회의 낮은 자리에서 고통받고 있는 사람들에게 관심을 갖고 그들을 위한 삶을 사는 것이다.

그러니까 나는 인간을 인간답게 만드는 것들 중에서 최상위에 기부·봉사·인권이 있다고 생각한다. 만일 인류 사회에 이 세 가치가 없다면 어떻게 될까? 약육강식의 원칙이 지배하는 동물의 세계와 같을 것이다. 내 삶의 한 부분에 기부·봉사·인권이 있어야 한다. 설령 그것이 내 삶의 1%에 불과할지라도 말이다. 나는 확신한다. 그 1%가 이기심으로 가득한 나의 어두운 내면을 밝히는 작은 등불이 될 수 있다고.

어쩌면 인공지능은 인류에게 이렇게 묻고 있는 것일까?

"지금처럼 '나'만 아는 삶을 살다가 기계에 대체될 것인가? 아니면 '너'와 '우리'까지 아는 삶을 살면서 기계의 주인이 될 것인가?"

부디 여러분이 후자가 되기를 바란다.

부록

인공지능 시대가 불러올 예측 가능한 미래

• 기쁨과 슬픔 같은 단순한 감정은 물론이고 혼란·좌절·고뇌 같은 인간 고유의 감정을 무려 62가지나 얼굴에 드러내면서 인간과 대화가 가능한, 사우디아라비아에서 시민권까지 획득한, 인간형 감정 지능 로봇 '소피아'를 개발한 핸슨 로보틱스의 설립자 데이비드 핸슨은 인공지능의 미래를 이렇게 예측했다.
"인공지능 로봇은 2035년에 거의 모든 영역에서 인간을 앞지르게 되고, 2045년에 인간과 동일한 시민권을 갖게 된다."

• 미국 컬럼비아대학교 조지프 스티글리츠 교수는 2017년에 두바이에서 열린, 세계 139개국 리더 4천여 명이 참석한 두바이의 제5회 월드 거번먼트 서밋World Government Summit에서 이렇게 발표했다.
"앞으로 인공지능이 인간 일자리에 미칠 영향, 이게 내가 가장 걱정하는 것이다. 인공지능으로 인해 인간의 모든 직업이 사라질 수 있기 때문이다."

- 경제협력개발기구OECD가 2018년에 발표한 "인공지능 보고서"에 따르면 향후 인간 직업의 약 50%가 인공지능에 의해 대체되고, 그 격차는 점점 커진다.

- 미국 백악관은 2016년에 "인공지능과 자동화가 경제에 미치는 영향에 관한 보고서Artificial Intelligence, Automation and the Economy"를 발표했다. 같은 해에 발표한 "인공지능의 미래에 대한 보고서Preparing for the Future of Artificial Intelligence"에 이은 두 번째 인공지능 보고서였다. 주요 내용은 이렇다.
"현재 수백만 명에 달하는 미국 근로자들이 인공지능과 자동화로 인해 생계가 위험한 상황에 직면해 있고 앞으로 그 위험도는 계속 높아지니 이를 국가 차원에서 대비해야 한다."

- 세계적인 컨설팅업체인 매킨지글로벌연구소는 2017년에 인공지능의 발달로 인해 2030년까지 전 세계적으로 8억 명 이상이 실직하게 된다는 보고서를 발표했다. 이 보고서에는 인공지능

기술이 지금 당장 인간 일자리의 50%를 대체할 수 있는 수준이고, 2050년에는 인간 일자리의 100%를 대체할 수 있는 수준으로 발전한다는 내용도 포함되어 있다.

- 세계 3대 경영 컨설팅 기업인 보스턴컨설팅그룹BCG은 2015년에 발표한 "글로벌 제조업 경제의 이동: 첨단 로봇들은 생산성 향상 폭풍을 어떻게 시작할 것인가"에서 2025년까지 로봇에 의해 일자리가 가장 많이 대체될 국가로 대한민국을 지목했다. 이 보고서에 따르면 우리나라는 2025년까지 로봇에 의한 노동 비용 감축이 33%로 세계 1위다.

- 세계적인 IT 자문 회사 포레스터 리서치는 2015년에 "인공지능과 로봇 등의 발달로 인해 2025년까지 미국에서만 2,270만 개의 일자리가 사라진다"고 발표했다.

- 미국의 대표적인 싱크탱크think tank인 허드슨연구소는 2014년에 "앞으로 인공지능은 우리가 상상할 수 없는 수준으로 인간의 일자리를 대체하게 된다. 2035년이면 인간 일자리의 약 50% 정도가 인공지능에 의해 사라질 것으로 예측된다. 인간

은 인공지능이 가질 수 없는 새로운 능력을 개발해서 여기에 맞서야 한다"고 발표했다.

• 뱅크 오브 아메리카BOA는 2015년에 '지능을 가진 기계들의 등장'을 주제로 한 보고서를 발표하면서 2025년까지 일본 일자리의 49%, 유럽 일자리의 35%, 미국 일자리의 40% 이상이 지능형 기계들에 의해 대체될 수 있다고 발표했다.

• 미국컴퓨터협회ACM가 제정한 괴델상을 수상한 이론 컴퓨터 학자이자 미국 라이스대학교 컴퓨터공학과 교수인 모셰 바르디는 2016년 미국고등과학협회 연례 회의에 참석하여 이렇게 발언했다.
"거의 모든 직업에서 인공지능이 인간의 능력을 뛰어넘는 시대로 진입하고 있다. (…) 인공지능은 앞으로 30년 안에 인류의 절반 이상을 실직 상태로 만들게 된다. (…) 그 시대가 눈앞에 닥치기 전에 사회적으로 준비해야 한다."

• 영국 중앙은행인 영란은행BOE은 2015년에 인공지능으로 인해 미국 내 일자리 8천만 개, 영국 내 일자리 1,500만 개가 사라질

수 있다는 보고서를 발표했다.

• 영국 옥스퍼드대학교와 일본 노무라종합연구소는 2016년에 일본의 직업 601개를 대상으로 인공지능에 의해 대체될 가능성에 관해 공동으로 조사한 뒤 이렇게 발표했다.
"일본에서 직업을 가지고 있는 인구의 50%는 2025년에서 2035년 사이에 인공지능에 의해 대체된다."

• 호주경제개발위원회CEDA는 2015년에 발표한 보고서에서 호주 일자리의 40%가 2030년까지 인공지능에 의해 대체될 수 있다고 전망했다. 또한 호주의 컨설팅업체 알파베타는 2030년까지 호주 일자리 300만 개가 인공지능에 의해 없어질 위기에 처한다고 예측했다.

• 일본 경제산업성은 2016년에 "앞으로 일본 정부가 인공지능과 로봇 관련 법을 제대로 정비하지 않으면 2030년까지 735만 명의 실직자가 발생한다. 반면 관련 법을 정비하면 실직자를 161만 명 수준으로 억제할 수 있다"는 내용의 보고서를 발표했다.

- LG경제연구원이 2018년에 발표한 "인공지능에 의한 일자리 위험 진단" 보고서에 따르면 우리나라 전체 취업자 약 2,660만 명 중 1,136만 명이 인공지능에게 대체될 가능성이 높은 것으로 나타났다.

- KT경제경영연구소는 2016년에 발표한 "인공지능, 완생이 되다"라는 제목의 보고서에서 인공지능이 국내 의료·법률·교육 등의 분야에 본격적으로 진출하는 시점을 2025년으로 예측했다.

- 한국과학기술기획평가원KISTEP이 2018년에 발표한 인공지능 보고서에 따르면 우리나라 인공지능 전문가들은 한국은 2027년 무렵에 인공지능 중심의 사회로 바뀐다고 예측했다.

- 세계적인 IT 자문기관 가트너는 2017년에 "인공지능이 인력 고용에 미칠 영향"에 대해 발표했는데 여기에 따르면 2023년에 의사·변호사·교수 등 전문직의 3분의 1 이상이 인공지능에 의해 대체되고, 2030년에는 90% 이상이 대체된다.

• UN의 "미래보고서 2045"는 의사 · 약사 · 판검사 · 변호사 · 기자 · 통역가 · 번역가 · 세무사 · 회계사 · 재무설계사 · 금융 컨설턴트 등의 직업이 2045년이면 인공지능에 의해 아예 소멸된다고 예측했다.

• 세계미래학회World Future Society는 2013년에 〈더 퓨처리스트〉를 통해 "2030년에 사라질 10가지"를 발표했는데 여기에는 '의사'와 '교사'가 포함되어 있다.

• '미래학의 아버지', '구글 선정 세계 1위 미래학자' 등의 타이틀을 가지고 있는 다빈치연구소 소장 토머스 프레이는 인공지능으로 인해 의사 · 약사 · 변호사 · 회계사 · 변리사 등의 일자리가 2030년에 아예 소멸될 것이라고 예측했다. 또한 전 세계 대학의 50%가 2030년에 사라진다고도 예측했다.

• 세계 최고의 인공지능 교육을 목표로 설립된 '실리콘밸리의 대학교' 유다시티의 공동창업자이자 최고경영자인 서배스천 스런은 2012년에, 앞으로 50년 뒤면 전 세계에서 오늘날 대학이라고 부르는 기관은 오직 10개 정도만이 남을 것이라고 예

측했다.

- 하버드와 MIT가 인공지능 시대에 맞는 교육을 위해 공동으로 설립한 비영리 교육기관 에드엑스의 존 슈워츠 대표는 〈한국대학신문〉이 2017년에 마련한 '인공지능 시대에 한국 교육이 나아가야 할 길'을 논의하는 특별좌담에서 이렇게 말했다.
"우리는 빠르면 2030년, 늦어도 2050년까지 인간 일자리의 50% 이상이 사라진다고 보고 있다. 50%라는 수치는 매우 현실적이라고 생각한다."

- 영국의 옥스퍼드대학교는 2013년에 발표한 "고용의 미래"에서 인공지능 기술 발달에 의한 일자리의 미래를 이렇게 예측했다.
"앞으로 10~20년 내에 일자리의 50% 이상이 인공지능 로봇에 의해 대체된다."

- 영국 워릭대학교 스티브 풀러 교수는 저서《휴머니티 2.0 Humanity 2.0》에서 2030년에 인공지능이 의사·약사·판검사·변호사·교사·공무원 등은 물론이고 일반 사무직까지 대체하게 되고 이로

인해 중산층이 대량 실업 사태로 내몰릴 것이라고 예측했다.

- 미래학자이자 런던 비즈니스 스쿨 교수인 그램 코드링턴은 "인공지능의 발달로 인해 지금 우리가 선망하는 좋은 직업들은 2025년이면 모두 사라진다"고 예측했다.

- 역사학자 유발 하라리는 인공지능의 미래를 이렇게 전망했다. "지금 학교를 다니는 아이들이 40대가 되었을 때 세상은 인공지능에 의해 혁명적으로 바뀌어 있을 것이다. 지금 시대의 최고 전문직인 의사·약사·판검사·변호사·회계사 등은 인공지능에 의해 대체되어 있을 것이다."

- 일본 국립정보학연구소NII에서 인공지능 개발 프로젝트를 총지휘하고 있는 아라이 노리코 교수는 2010년에 "앞으로 20년 뒤인 2030년에 화이트칼라의 50%가 인공지능에 의해 대체된다"고 예측했다.

- 세계경제포럼이 발표한 "주요 기술의 티핑 포인트 전망"2016년에 의하면 인공지능의 발달로 인해 2025년에 현존하는 직업

의 40% 이상이 소멸한다. 같은 해에 발표한 "직업의 미래" 보고서에 따르면 2016년에 초등학교에 입학한 아이들이 사회에 진출할 무렵, 그러니까 2032~2035년 무렵엔 현존하는 직업의 65%가 소멸한다. 그리고 앞으로 소멸하는 직업의 3분의 2는 의사 · 약사 · 판검사 · 변호사 · 교사 · 공무원 · 은행원 · 세무사 · 회계사 · 관세사 등 전문직과 대기업 사원 같은 화이트칼라일 것으로 예상된다.

• 한국고용정보원은 2017년에 "기술 변화에 따른 일자리 영향 연구"라는 제목의 보고서를 발표했다. 다음은 보고서의 주요 내용이다.

"의사 업무의 33.3%는 2025년에, 70%는 2030년에 인공지능에 의해 대체된다."

"약사 업무의 84.2%는 2030년에 인공지능에 의해 대체된다."

"판검사 업무의 34.5%는 2025년에, 58.6%는 2030년에 인공지능에 의해 대체된다."

"변호사 업무의 37%는 2025년에, 48.1%는 2030년에 인공지능에 의해 대체된다."

"교수 업무의 59.3%, 기자 업무의 52.4%가 2030년에 인공지능에 의해 대체된다."

"2025년에 국내 일자리의 60% 이상이 인공지능에 의해 대체된다."

"2030년이 되면 국내 398개 직업이 요구하는 역량 중 84.7%는 인공지능이 인간보다 낫거나 같아진다."

- 선마이크로시스템스의 공동창업자이자 세계적 벤처캐피털인 코슬라 벤처스의 CEO 비노드 코슬라는 2012년에 의사의 미래를 이렇게 예측했다.

  "2030년에 의사의 80%가 인공지능에 의해 대체된다."

- 기업 지식 재산권 분야에서 세계 최고 권위자로 불리는 조지워싱턴대 로스쿨의 랜들 레이더 교수는 2017년에 우리나라 한 경제지와의 인터뷰에서 이렇게 말했다.[1]

  "인공지능 판사는 인간 판사보다 더 공정한 재판을 더 신속하게 할 수 있다. (…) 나는 연방순회항소법원CAFC 등에서 30년 가까이 판사로 일했다. 이 중 4년은 법원장을 했다. (…) 내가 예측하기로 인공지능은 앞으로 5년 안에 판사와 검사는 물론이고 대부분의 법조계 일자리를 대체할 것이다."

• 영국 웰링턴대학교 학장을 역임하고 버킹엄대학교 부총장으로 재직 중인 세계적인 교육자 앤서니 셀던은 2017년에 이렇게 발표했다.

"전국교사연합이 들으면 충격을 받을 만한 이야기를 하자면 인공지능은 인간 교사보다 학생들을 지적으로 잘 성장시키고 있다. (…) 인공지능은 이미 미국 서부 해안에 있는 학교들을 놀랍게 변화시키고 있다. 내가 예측하기로 앞으로 10년 안에 인공지능이 학교에서 인간 교사를 대신할 것이다. 학생들은 개인 인공지능 교사와 함께 전 교육 과정을 이수하게 될 것이다."

• 영국의 싱크탱크인 리폼은 2017년에 발표한 "인공지능과 일자리" 관련 보고서에서 2030년까지 영국 공무원 25만 명과 공중보건의 수만 명이 인공지능에 의해 대체된다고 전망했다. 특히 정부기관 관리직의 90%가 인공지능에 의해 대체된다고 예측했다.

• 한국직업능력개발원은 2017년에 국내 금융권 전체 종사자 75만 8천 명2015년 기준 중 약 80%에 해당하는 60만 5천 명 정도가

인공지능으로 인해 일자리를 잃을 것이라고 발표했다.

- 시티그룹은 2018년에 발간한 보고서 "은행의 미래"를 통해 인공지능으로 인해 2025년에 전 세계 은행지점의 50% 이상이 사라지고, 은행원도 50% 이상이 실직할 것으로 예측했다.

- 우리나라 금융경제연구소는 2018년에 발표한 "4차 산업혁명 시대 은행원의 고용위험 실증 조사 및 시사점" 연구보고서를 통해 국내 은행원의 62.2%가 2025년에서 2030년 사이에 인공지능으로 인해 실직할 것으로 예측했다.[2]

주

Prologue

스티브 잡스는 왜 죽기 직전까지 인공지능을 붙잡고 있었나

1 이지성 지음, 《에이트:씽크》, 차이정원, 2020, 219~223쪽.

2 국방고등연구계획국은 1958년 'ARPA Advanced Research Projects Agency'라는 이름으로 창설되었다. 그리고 1972년 'DARPA Defense Advanced Research Projects Agency'로 이름이 바뀌었다. 1993년 다시 ARPA가 되었다가 1996년 다시 DARPA가 되었다.
월터 아이작슨 지음, 정영목·신지영 옮김, 《이노베이터 The Innovators》, 오픈하우스, 2015, 325쪽.

3 스티브 잡스가 지불한 20억 달러를 당시 환율 약 1,130원으로 계산하면 약 2조 2,600억 원이다.

4 이 발언은 1997년에 나왔다. 우리나라에는 2004년에 소개된 것으로 알고 있다.

빌 게이츠·워런 버핏 지음, 김광수 옮김, 《빌 게이츠&워런 버핏 성공을 말하다》, 윌북, 2004.

5 러시아의 경우 조선 시대에 나선정벌이 있었고, 소련 시대일 때에는 북한을 조종하여 6·25 남침을 일으켰다.

6 특히 일본은 유사시 한반도에 자위대를 파견할 수밖에 없다고 공언하고 있는데, 한국 거주 또는 한국 여행 중인 자국민 보호를 명분으로 내세우고 있으나 역사적으로 살펴볼 때 침략은 늘 이런 식으로 일어났다.

Part 1

단 한 번도 경험하지 못한 시대가 오고 있다

1 딥러닝 기술은 1943년 워런 매컬러와 월터 피츠가 발표한 '인공신경망' 연구 논문에 그 뿌리를 두고 있다. '딥러닝의 아버지'라 불리는 제프리 힌턴은 1986년 데이비드 루멜하트, 로널드 윌리엄스와 딥러닝 기술의 핵심인 역전파 기술에 관한 논문을 발표하여 심층 신경망을 학습시킬 수 있음을 밝혔고,

2006년에는 딥러닝 기술에 관한 논문을 발표하여 인공지능이 인간처럼 스스로 학습하고 추론하고 판단할 수 있음을 밝혔다.
박종건 기자, "퍼셉트론부터 CNN까지, 딥러닝의 역사", 〈카이스트신문〉, 2019. 5. 28.

2 리처드 왓슨 지음, 방진이 옮김, 《인공지능 시대가 두려운 사람들에게》, 원더박스, 2017.

3 피터 디아만디스는 2006년 여름휴가 중에 읽은 레이 커즈와일의 저서 《특이점이 온다 The Singularity is Near》에 큰 감명을 받고 스스로에게 이렇게 질문했다. "머지않아 인류에게 혁명적인 변화가 닥쳐온다. 인류는 무엇을 준비해야 하는가?" 이어 레이 커즈와일에게 전화를 걸어서 싱귤래리티대학교 설립을 제안했다. 《특이점이 온다》의 핵심 내용은 2045년 인류에게 싱귤래리티, 즉 특이점이 찾아오는데 그것은 인류의 모든 지능을 합한 것보다 더 뛰어난 지능을 갖춘 인공지능이 탄생한다는 것이다. 싱귤래리티대학교는 특이점에 대비하는 것을 목적으로 하고 있다. 그러니까 특이점 시대에 살아남을, 아니 특이점 시대의 리더가 될 수 있는 인간을 키우는 것을 목적으로 한다.

4 인공지능 로봇 목사는 2017년 독일에서 선보였다. 인공지능 로봇 승려는

2016년 중국, 2019년 일본에서 선보였다.

5 싱귤래리티대학교 입학금은 2008년에 2만 5천 달러였다. 2008년 원 달러 환율은 처음엔 900원대였으나 나중엔 1,500원까지 치솟았다. 2만 5천 달러를 환율 900원으로 계산하면 2,250만 원이고, 환율 1,500원으로 계산하면 3,750만 원이므로 평균값은 3천만 원이 된다. 여기에 왕복 비행깃값과 기타 경비를 합하면 3천만 원을 훌쩍 넘길 것이다.

6 피터 디아만디스는 2018년 8월 '싱귤래리티대학교 연례포럼 2018' 개막식에서 "우리는 처음에 특이점을 2045년으로 생각했다. 하지만 인공지능 기술의 발전 속도로 볼 때 특이점은 그보다 훨씬 빨리 올 것 같다. 이제 우리는 2035년에 특이점이 올 것이라고 예측하고 있다"라고 발언했다.

7 싱귤래리티대학교는 10년 안에 10억 명에게 혜택을 주는 인재를 길러내는 것을 표어로 내걸고 있다. 그런데 이 대학의 설립자들은 '10년 안에'를 2018년으로 한정하지 않았다. 그러니까 싱귤래리티대학교는 특이점 이후에도 '10년 안에 10억 명에게 혜택을 주는 사람', 즉 인공지능에게 지배당하지 않고, 오히려 인공지능의 지배를 뛰어넘어 10억 명의 인류에게 혜택을 주는 존재를 길러내는 것을 목적으로 하고 있다고 여겨진다.

8 싱귤래리티대학교의 공동설립자 피터 디아만디스는 살림 이스마일, 마이클 말론, 유리 반 헤이스트가 공저한《기하급수 시대가 온다Exponential Organizations》서문에서 싱귤래리티대학교는 인공지능, 로봇공학, 무한 컴퓨팅, 센서, 디지털 제조, 합성 생물학, 디지털 의학, 나노 물질, 네트워크 같은 분야의 세계 최고 기업가를 기르는 것을 목적으로 하고 있다고, 그러니까 4차 산업혁명 시대의 세계적인 리더들을 기르는 것을 목적으로 하고 있다고 분명히 밝히고 있다. 그는 또 이 서문에서 구글의 공동창업자 래리 페이지의 연설을 인용하면서 싱귤래리티대학교가 인류의 99.99999%에 해당하는 사람들과 다른 길을 걷는 사람을 길러내기 위해 창립되었다고 밝히고 있다. 이 두 가지만 놓고 봐도 싱귤래리티대학교는 인공지능 시대에 인류 상위 0.00001%의 인재를 키우기 위해 설립되었음을 분명히 알 수 있다.

9 '현대적 접근 방식'이라는 부제를 달고 있는 책《인공지능》은 피터 노빅과 스튜어트 러셀 UC버클리대 교수가 함께 썼다.

10 여러 설립자들의 말을 종합·압축했다.

11 유다시티와 코세라는 스탠퍼드대에서 만들었고, 에드엑스는 하버드대와 MIT에서 만들었다.

12 우리나라도 일부 교육청에서 국제 바칼로레아를 도입하고 있으나 그 수준이 매우 약하기에 언급하지 않기로 한다.

13 삿포로 가이세이 중등교육학교는 공립학교로, 수년 동안 국제 바칼로레아 과정을 운영 중이다.

14 신향식 객원기자, "[일본교육 평가혁명 ⑧] 체육 수업에도 '창의적 글쓰기'와 '토론발표' 병행", 〈독서신문〉, 2018. 1. 23.

15 이토 히로부미는 1885년 12월 초대 내각총리대신이 되자 영국 공사로 일하고 있던 모리 아리노리를 급히 귀국시켜 문부대신에 임명하고 '제국대학령'과 '소학교령'을 반포하게 했다.

16 인터뷰 김진우·이혜정, 인터뷰 정리 김진우, 사진 제주교육청, "IB는 일본 교육 개혁을 성공시킬 수 있는 흑선입니다", 〈좋은교사〉, 2018년 2월호.

17 이들 중 일부는 인공지능 딥블루의 승리를 예측하기도 했다.

18 에이다 러브레이스는 루프, 점프, 서브루틴, IF문 등을 최초로 만들었다. 《찰

스 배비지의 해석기관에 대한 분석》에는 에이다 러브레이스가 만든, '베르누이 수'를 구하는 알고리즘이 나온다.

이지성 지음,《에이트:씽크》, 차이정원, 2020, 63쪽 19~20줄, 64쪽 1~5줄.

19 호메로스 지음, 천병희 옮김,《일리아스》, 숲, 2015, 514~515쪽. 헤파이스토스는 저절로 움직여 목적지까지 갔다가 돌아오는 '세발솥'과 인간처럼 이해력을 가지고 자신을 돕는 '황금 하녀'를 만들었다고 한다.

20 아리스토텔레스 지음, 천병희 옮김,《정치학》, 숲, 2009. 제1권 '국가 공동체의 본질' 중 제4장 '도구로서의 노예'에는 베틀에서 베를 짜는 데 필요한 북, 그리고 현악기를 뜯는 데 필요한 채가 저절로 움직인다면 인간의 삶이 어떻게 변할지를 말하는 부분이 나온다.

21 믿거나 말거나에 속하는 이야기지만 중세 독일의 철학자이자 과학자인 알베르투스 마그누스는 인간처럼 말하고 생각하는 금속상을 만들었다고 전해진다. 참고로 이 금속상은 중세 이탈리아의 신학자이자 철학자인 토마스 아퀴나스가 파괴했다고 전해진다.

22 레오나르도 다빈치는 기사 로봇을 설계한 바 있는데, 어떤 이들은 그의 기사

로봇을 최초의 휴머노이드 로봇이라고 부른다.

23 데카르트는《인간론》에서 동물은 기계이고, 인간의 육체 또한 기계라는 주장을 펼쳤다. 이는 컴퓨터와 인공지능이 출현하는 데 철학적 기반이 되었다.

24 라이프니츠는 1703년 "0과 1만을 사용하는 이진법 산술에 대한 해설: 이진법의 효용 및 그것이 고대 중국의 복희의 괘상에 대해 밝혀주는 의미에 대한 소견"이라는 논문을 발표하여 이진법을 세상에 알렸다. 알다시피 인공지능 컴퓨터는 이진법을 기본 언어로 사용한다. 라이프니츠는 '기호논리학'도 구상했는데, 이는 컴퓨터와 인공지능 역사에 큰 영향을 미쳤다.

25《인간 기계론》에서 18~19세기 유럽에서 인기를 끌었던 자동인형을 뛰어넘는, 오늘날의 인공지능 로봇 개념의 자동인형이 등장할 것이라고 주장했다.

26《모래 사나이》에서 주인공 나타나엘은 자동인형 '올림피아'를 사람으로 착각하고 사랑하게 된다. 하지만 그 결말은 비극으로 끝이 난다.

27 찰스 배비지는 에이다 러브레이스가 현대적 의미의 인공지능을 생각하는 데 결정적인 역할을 했다. 하지만 그의 만능 기계에 대한 구상은 워런 매컬러와

월터 피츠의 '인공신경망'이라든가 앨런 튜링의 '튜링 테스트' 같은 현대적 의미의 인공지능과는 거리가 멀었다.

28 이 시기에 인공지능은 문학과 영화에서도 다뤄졌다. 어린이신문 〈뉴욕의 소년들〉의 연재소설《프랭크 리드와 초원의 증기 인간》1870년대, 미국 작가 앰브로즈 비어스의 단편소설《목슨의 마스터》1899년, 체코 극작가 카렐 차페크의 희곡《R. U. R.》1920년, 프리츠 랑이 감독한 영화 〈메트로폴리스〉1927년가 대표적이다. 이 중《목슨의 마스터》는 로봇의 인간 살해를,《R. U. R.》는 인공지능의 인류 말살을 다룬다.

홍성욱 교수, "[홍성욱의 포스트휴먼 오디세이] 인간, 로봇의 반란을 상상하다", 〈머니투데이〉, 2017. 6. 24.

29 워런 매컬러와 월터 피츠가 이론으로만 정립한 인공신경망을 일컫는다.

30 브라이언 머천트 지음, 정미진 옮김,《원 디바이스The One Device》, 매일경제신문사, 2018. 제10장 '안녕, 시리'를 참고하라. 특히 326쪽을 보라.

31 아이폰에 탑재된 인공지능 음성 비서 시리의 개념과 기술은 1960년대에 ARPA의 지원하에 시작되었고, 2003년에 부활된 DARPA에 의해 본격적으로

연구·개발되었다는 의미로 이렇게 기술했다. ARPA의 인공지능 프로젝트는 정부 지원하에 적극적으로 진행되다가 인공지능 겨울을 만나면서 중단된다. 그러다가 2003년에 DARPA가 '스탠퍼드 국제연구소'와 시작한 인공지능 프로젝트 'CALO'로 부활한다. 이후 시리가 개발되기까지의 과정은 앞의 15쪽에서 설명했다.

32 최근에 빌 게이츠는 인공지능의 위험성에 대해 가장 강력한 경고를 하는 사람들 중 한 명으로 변했다. 인공지능 전도사에서 반[反]인공지능 전도사로 변신했다고나 할까.

33 브라이언 머천트의《원 디바이스》[317쪽]에 따르면 애플은 이미 1980년대에 인공지능 시리의 초기 개념을 가지고 있었다. 하지만 애플은 이때만 해도 회사의 역량을 인공지능에 집중시키지는 않았다. 애플이 인공지능 개발에 본격적으로 뛰어들기 시작한 것은 스티브 잡스가 복귀한 뒤에 이뤄졌다.

34 마이크로소프트와 AOL[미국의 인터넷 서비스 기업]이 구매하겠다고 제안했을 정도로 완성도가 높았다.

35 미국·캐나다·유럽은 사회 시스템과 교육 시스템 위주로 바꾸고 있고, 일본은 교육혁명을 일으켰다. 중국은 산업 기술 시스템을 바꾸고 있다. 참고로 유럽은 2012년부터 인공지능 로봇에 인격을 부여하는 '로보로 프로젝트

Robolaw project'를 시작했고, 2017년에는 '로봇시민권 권고안'을 통과시켰다.

36 중국 칭화대학교가 발표한 "2018 중국 인공지능 발전보고서"에 나오는 내용이다. 우리나라에서는 〈뉴스핌〉이 이 보고서의 주요 내용을 보도했다.
백진규 기자, "초고속 질주, 인공지능 AI 선진국 중국몽 영근다", 〈뉴스핌〉, 2018. 7. 19.

37 2019년 기준. 이 중 세 명은 외국 국적 취득자다.

38 소니에서 개발한 인공지능 애완견 '아이보'다.

39 이지성 지음, 《에이트: 씽크》, 차이정원, 2020, 66쪽 12~14줄.

Part 2
10년 뒤, 인간의 자리가 있을까

1 2013년, 인공지능 켄쇼는 세계적인 투자은행 모건스탠리의 분석가 15명이 4주 동안 매달려야 하는 일을 단 5분 만에 끝냈다. 이를 골드만삭스 600명에게 '단순' 적용하면 3시간 20분이 된다.

2 사실은 "IT 기업이다"라고 선언했다. 그러나 당시 골드만삭스가 말한 IT는 인공지능이기에 이렇게 표현했다.

3 골드만삭스는 2014년 켄쇼 테크놀로지에 투자를 결정했다. 인공지능 켄쇼는 골드만삭스에 2014년 말 또는 2015년 초에 입사한 것으로 추정된다. 여기서는 2014년 말을 택하기로 한다.

4 2011년 후반으로 추정된다. 이때 왓슨은 미국 메릴랜드 의대에 입학하여 18개월 동안 의학 교과서, 의학 논문, 전 세계 의약품 정보, 환자 치료 사례 등을 공부했다. 2013년에는 미국 텍사스에 위치한 MD앤더슨 암센터에 들어가 의학 교과서와 의학 논문을 추가로 학습했다.

5 대구가톨릭병원에서 열린 '왓슨 포 온콜로지Watson for Oncology 도입 1주년 기념 인공지능 미래 의료 심포지엄'에서 발표된 내용이다. 물론 미국 종양학회의 발표 내용은 다른 언론들도 보도한 바 있다. 여기에 대한 자세한 내용은 다음 기사를 참고하라.

남승렬 기자, "인공지능 왓슨 암 진단 정확도 90% 이상", 〈대구신문〉, 2018. 4. 18.

6 "방사선 전문의의 위음성률[암 진단을 놓친 비율]이 7%인 반면 엔리틱의 인공지능은 0%였다. 방사선 전문의의 위양성률[암을 부정확하게 진단한 비율]이 66%인 반면 엔리틱의 인공지능은 47%였다."
류순식 의료경영연구소 소장, "[데스크 칼럼] 인공지능과 의료", 〈부산일보〉, 2016. 3. 21.

7 이영완 기자, "[사이언스 카페] 95% 대 86%… 피부암 진단, AI가 의사보다 정확했네", 〈조선일보〉, 2018. 5. 29.

8 〈US 뉴스&월드리포트〉가 발표한 "2018~2019 미국 최우수 병원" 순위.

9 2017년 4월 서울 코엑스에서 열린 약준모[약사의 미래를 준비하는 모임] 학술제에서 나온 내용이다. 다음 기사를 참고하라.
이정환 기자, "로봇 셰프 음식 꺼리는 사람들, 로봇 조제약은 반겨", 〈데일리팜〉, 2017. 4. 17.

10 리걸테크는 '법률[legal]'과 '기술[technology]'의 합성어로, IT 기술을 통해 법률 서비스를 하는 산업을 의미하는 말이다. 그런데 리걸테크의 핵심이 변호사 업무에 인공지능을 활용하는 것이기에 이렇게 표현했다.

11 MBC 다큐멘터리 〈10년 후의 세계 1부-멋진 신세계와 일자리 도둑〉에 관한 논평 기사 중 대니얼 빈스베르겐의 인터뷰 내용 일부를 재구성했다. 논평 기사는 아래를 참고하라.
주철진 기자, "AI에 일자리 뺏긴 인간들, '멋진 미래'는 단지 환상인가요?", 〈오마이뉴스〉, 2018. 5. 1.

12 대표적으로 대륙아주의 변호사 중 한 명인 김형우는 〈조선일보〉와의 인터뷰에서 "유렉스는 현재 어린아이 수준이다. 앞으로 계속 똑똑해질 것이다"라고 했다.
박현익 기자, "뺑소니 사고 낸 뒤… 국내 최초 AI 변호사를 찾아가봤다", 〈조선일보〉, 2018. 4. 30.

13 영국 워릭대학교의 경우 엘리엇 애시 교수가 이에 대해 연구하고 발표했다. 당연히 교수 혼자 연구한 게 아니라 교수가 이끄는 팀이 함께 연구했을 것이기에 이렇게 표현했다.

14 토머스 매콜리, "AI가 판결하는 '정의란 무엇인가'", 〈CIO Korea〉, 2018. 7. 24.

15 미국 컬럼비아대학교 연구팀의 조너선 레바브가 〈가디언〉지와의 인터뷰

에서 밝힌 내용이다.

16 성시윤·윤석만·박해리 기자, "[교실의 종말] 호주 유치원선 로봇이 친구… 함께 요가하고 코딩도 배워요", 〈중앙일보〉, 2018. 10. 3.

17 김은향 기자, "'인공지능 로봇과 친구' 中 유치원, 'AI' 활용 수업 화제", 〈동아일보〉, 2017. 4. 13.

18 장길수 기자, "핀란드 초등학교, 로봇 교사 시범 도입", 〈로봇신문〉, 2018. 3. 28.

19 인공지능과 빅데이터 기술을 활용한 적응학습adaptive learning 프로그램을 말한다.

20 "수포자부터 자폐 아이들까지… 인공지능 교사들의 무한도전", 〈시스코 코리아〉, 2017. 11. 16.

21 김효혜 기자, "[Edu News] 자폐어린이의 단짝 '소셜로봇'… 교감·소통으로 치료하죠", 〈매일경제〉, 2018. 5. 9.

22 김다린 기자, "[IBM 通通 테크라이프] '제 비밀이요? AI에 털어놔요'", 〈더스쿠프〉, 2018. 8. 17.

23 김미향 기자, "초등생 절반 '인공지능 선생님 괜찮아요'", 〈한겨레〉, 2016. 6. 1.

24 김영은 기자, "면접관이 된 인공지능… 기업 채용 'AI 면접 바람' 거세진다", 〈한국경제〉, 2018. 10. 14.

25 "NHK에 따르면 지바시는 올해 2월 인공지능을 시험적으로 도입해 8천여 명의 어린이를 보육시설에 배당하는 작업을 맡겼더니 직원 30명이 50여 시간 해야 할 일을 불과 몇 초 만에 해냈다고 한다. 아주 까다로운 작업임에도 불구하고 결과 또한 공무원들이 수작업으로 배당한 것과 거의 같이 나타났다." 이동구 논설위원, "[씨줄날줄] 인공지능(AI) 공무원", 〈서울신문〉, 2017. 10. 20.

26 김소영 객원논설위원, "우리가 원하는 미래의 인공지능 공무원", 〈동아일보〉, 2018. 10. 26.

27 가로축이 시간이고, 세로축이 기술 발달 속도인 지수 함수 그래프.

28 1990년에 출간한 《지적 기계의 시대The Age of Intelligent Machines》, 1999년에 출간한 《영적 기계의 시대The Age of Spiritual Machines》, 2005년에 출간한 《특이점이 온다》에서 동일한 주장을 했다.

29 내가 참고한 자료들 중 핵심적인 것들을 '부록'에 실었으니 관심 있는 사람은 참고하기 바란다.

30 뉴칼라 스쿨은 우리나라를 포함하여 미국, 호주, 모로코, 대만, 싱가포르 등에서 200여 개가 운영 중이다.2019년 기준

31 자세한 내용은 다음 책을 참고하라.

하워드 가드너·케이티 데이비스 지음, 이수경 옮김, 《앱 제너레이션The App Generation》, 와이즈베리, 2014.

32 유기윤 교수팀은 '인공지능' 대신 '인공지성'이라는 용어를 썼다. 미래의 인공지능은 단지 지능만 있는 것이 아니라 감정, 의지, 자의식까지 갖춘 존재로 인간과 거의 비슷할 것이기 때문에 '인공지능'보다는 '인공지성'이라는 용어가 더 적합하다고 판단했기 때문이라고 한다. 여기서는 책의 흐름상 '인공지능'으로 칭하겠다.

Part 3

인공지능에게 대체되지 않는 나를 만드는 법 8

1 여기서 말한 페닌슐라는 '페닌슐라 발도르프 학교Waldorf School of the Peninsula'다. 고위급 임원의 자녀들도 다니지만 일반 임직원 자녀들도 다닌다.

2 권오성 기자, "실리콘밸리에 컴퓨터 없는 학교가 있다! 왜?", 〈한겨레〉, 2015. 1. 26.

3 댄 샤피로의 말이다. 《핫시트Hot Seat》(댄 샤피로 지음, 신영경 옮김, 한스미디어, 2016)를 참고하라. 도서 저자 소개에 따르면 댄 샤피로는 3D 레이저 프린터를 만드는 스타트업 글로우포지Glowforge의 CEO이자 킥스타터 역사상 가장 많이 팔린 보드게임인 로봇터틀의 제작자다. 구글의 자회사인 구글 컴패리슨Google Comparison Inc., 비교쇼핑 서비스 스파크바이, 모바일 사진편집 서비스 포토버킷Photobucket의 CEO를 역임하기도 했다.

4 구글 전前 회장 에릭 슈밋이 만든 구호다.

5 래리 페이지의 공감 능력과 창조적 상상력은 IT 사업에 한정된 것이다.

6 피터 심스 지음, 안진환 옮김, 《리틀 벳Little Bets》, 에코의서재, 2011, 185쪽.

7 래리 페이지와 세르게이 브린의 부모는 아들이 미래에 인공지능 시대를 살아갈 것임을 알았던 것 같다. 래리 페이지의 아버지는 미시간 주립대학교 컴퓨터공학·인공지능학 교수였는데, 당시 학계에서는 그를 두고 "인공지능 분야에서 두각을 드러냈다"고 평가했다. 어머니는 같은 대학교에서 컴퓨터 프로그래밍을 가르치던 강사였고,고등학교에서 컴퓨터를 가르쳤다는 이야기도 있다. 인공지능에 대해서 어느 정도 지식을 갖고 있었던 것으로 추정된다.

세르게이 브린의 부모는 둘 다 수학자였다. 세르게이 브린의 아버지는 메릴랜드대학교의 수학과 교수였고, 어머니는 NASA의 과학자였다. 마틴 데이비스의 《수학자, 컴퓨터를 만들다The Universal Computer》와 《에이트: 씽크》 등을 읽어보면 알겠지만 컴퓨터·인공지능 개발을 주도한 사람들은 수학자다.

8 미첼 레스닉 지음, 최두환 옮김, 《미첼 레스닉의 평생유치원》, 다산사이언스, 2018.

9 미첼 레스닉에 따르면 '학습자를 위한 10가지 도움말'은 보스턴 과학박물관

워크숍에 참여했던 열두 살짜리 아이들이 작성한 것이라고 한다.

10 미국 일리노이대 의대 정신과 부교수였다. 논문명은 다음과 같다.
Warren S. McCulloch · Walter Pitts, "A Logical Calculus of Ideas Immanent in Nervous Activity 신경 활동에 내재한 개념들의 논리적 계산", 〈The bulletin of mathematical biophysics〉, VOL 5, 1943.

11 나는 칼 비테의 교육 철학과 방법이 그대로 담긴《칼 비테 교육법》에 실리콘 밸리와 MIT가 추구하는 공감 능력과 창조적 상상력의 원천이 있다고 믿고 있다. 그래서 2017년에 독일어 원전 완역서인《칼 비테 교육법》김일형 옮김, 차이정원을 세상에 내놓았고, 칼 비테 교육법을 실제 교육에 적용하는 방법에 대해서는《내 아이를 위한 칼 비테 교육법》에 자세히 밝혔다.

12 대니얼 코일 지음, 박지훈 옮김,《최고의 팀은 무엇이 다른가 The Culture Code》, 웅진지식하우스, 2018, 88~89쪽.

13 박승훈 기자, "[잇츠IT] '꿈의 기술' 양자컴퓨터, 어디까지 왔나", 〈머니S〉, 2018. 10. 26.

14 김범수 기자, "스콧 크라우더 IBM CTO '5년 후 양자컴퓨터 시대, 양자암호통신 연구 필수'", 〈조선비즈〉, 2018. 6. 25.

15 창조적 공감의 원천은 인간적·사회적 공감이다. 인간적·사회적으로 공감할 수 있어야 인간과 사회를 위한 창조와 혁신을 할 수 있기 때문이다. 하나 하버드 의대가 추구하는 공감 교육의 초점이 대화와 토론으로 인간적·사회적 공감 능력을 기르고 이를 창조적 공감으로 연결 및 발전시키는 데, 즉 승화시키는 데 맞춰져 있기에 이렇게 이야기했음을 밝힌다. 아마도 하버드 의대는 인간적·사회적으로 공감한다고 해서 이게 창조와 혁신으로 연결되는 경우는 그리 많지 않다는 현실을 인정하고, 이를 극복하기 위해 공감을 인간적·사회적 공감과 창조적 공감으로 나눈 뒤 이 둘을 하나로 연결하는 교육 과정을 만들어낸 것 같다.

16 세부적인 내용과 두 천재의 창조적 공감 능력 및 상상력의 원천이었던 '도서 목록'은 《에이트: 씽크》를 참고하라.

17 버나드 로스 지음, 신예경 옮김, 《성취 습관》, 알키, 2016, 122쪽. 서양 나이로 3~8세의 어린이다. 버나드 로스는 85% 정도라고 말했으나 90%라고 말하는 자료들이 많아서 90%를 채택했다.

18 《유쾌한 크리에이티브》(톰 켈리 · 데이비드 켈리 지음, 박종성 옮김, 청림출판, 2014)에서는 어린이 환자들의 만족도가 90% 상승했다고 밝히고 있다.

19 정확한 내용을 말하자면 "존 매카시가 스탠퍼드에 인공지능연구소를 세우려고 하고 있고, 로봇 장치를 개발하고자 하는데, 기계디자인과 기계공학에 관한 전문 지식을 제공해줄 사람이 필요하네. 내가 보기엔 자네가 적격일 것 같네"다.

20 버나드 로스 지음, 신예경 옮김, 《성취 습관》, 알키, 2016, 329~330쪽.

21 스탠퍼드대 D스쿨의 디자인 씽킹은 주로 기술과 비즈니스에 혁신을 일으키는 것을 추구하고 있다.

22 디자인 씽킹이 오늘날의 의미를 갖게 된 것은 존 아널드와 허버트 사이먼이 정의한 디자인 씽킹의 의미를 충실히 계승하고 발전시킨 스탠퍼드대 교수 로버트 맥킴과 하버드대 교수 피터 로우의 공도 있다. 로버트 맥킴과 피터 로우가 정립한 '디자인 씽킹'의 개념은 데이비드 켈리, 래리 라이퍼, 버나드 로스 등에게로 이어졌다.

23 스탠퍼드대로 간 해는 1959년이고, 버나드 로스에게 교수직을 제안한 해는 1961년이다.

24 버나드 로스 지음, 신예경 옮김,《성취 습관》, 알키, 2016, 325~328쪽.

25 버나드 로스 지음, 신예경 옮김,《성취 습관》, 알키, 2016, 26쪽.

26 물론 22가지 방법 중 일부 또는 모두를 사용해도 좋다. 참고로 본문에 빠진 12가지 방법은 '목록 작성하기', '메타 목록, 즉 만들어야 할 것들의 목록 작성하기', '형태론적 분석하기', '유머 갖기', '강제 변형하기', '시넥틱스synectics하기, 즉 서로 관련 없어 보이는 것들을 조합해서 새로운 무엇을 도출해내기', '아이디어 도출 활동과 관련된 물리적 과정 그리기', '"만약에 ~하면 어쩌지?'라는 질문 던지기', '의사 결정 행렬 만들기', '추상의 사다리, 즉 왜 문제인지와 문제를 어떻게 해결할 것인지를 도표로 만들기', '도표로 생각하기', '스스로를 도표로 표현하기' 등이다.

27 "99년 구舊 정보통신부와 스탠퍼드대학 MBA가 협력하여 개설한 벤처 비즈니스 과정으로, 김정주 대표넥슨, 전하진 의원한글과컴퓨터, 송병준 대표게임빌, 나성균 대표네오위즈, 박지영 대표컴투스 등의 대표 벤처기업인을 포함, 5년간 약

250여 명의 수료생을 배출"

미래창조과학부 보도자료, 2014. 9. 15.

28 여러 기사에 실린 래리 라이퍼의 발언들을 모아 정리했다.

29 이 문장은 래리 라이퍼의 다음 세 발언을 기초로 만들어졌다.

- "디자인 씽킹은 스스로 문제를 발견하고 답을 찾는 과정 그 자체다. 이를 위해서는 무엇보다 암기식, 주입식 교육에서 벗어나야 한다."

  김미희 기자, "[제6회 모바일코리아포럼 기조연설자] 래리 라이퍼 美스탠퍼드大 D스쿨 교수", 〈파이낸셜뉴스〉, 2015. 6. 28.

- "학교를 재디자인해야 한다. 조금 과격하게 말하자면 학교를 해체knock down해야 할지도 모른다."

  이상은 기자, "[다시 보는 글로벌 인재포럼](석학 릴레이 대담) (8) 라이퍼 교수 & 김영세 사장", 〈한국경제〉, 2006. 11. 20.

- "학교 교육은 (…) '체계적이고 구조적으로' 창의력을 망쳐놓는다. 중학교 1~2학년만 되면 대학 준비에 몰두하면서 단순 사실만 배우게 된다. 창의적 동기를 잃어버리는 시기가 되는 것이다. (…) 스탠퍼드대도 일방적 강의와 텍스트에 의존한 학습 비중이 98%다. 공대 속의 디자인 학교인 'D스쿨'은 이런 걸 극복하기 위해 만들어졌다. (…) 학생들에게 '보스' 같은

선생님은 필요 없다. 동료에게서 배우도록 해야 한다. 5명도 많고, 3명이 제일 좋다. 이렇게 해야 더 많이 배우고, 더 오래 기억하고, 활용도 훨씬 잘 된다."

김승련 기자, "[신년 인터뷰] 美 스탠퍼드대 래리 라이퍼 교수에게 듣는다", 〈동아일보〉, 2008. 1. 12.

30 2019년 5월 2일 환율 1달러=1,167원 기준.

31 빌 밀러의 여러 인터뷰와 저서 등에 나오는 인공지능과 철학에 관한 발언을 적절히 재구성했다.

32 구체적으로 이야기하면 빌 밀러는 법과 정치윤리학 박사 과정을 밟았다.

재닛 로 지음, 고영태 옮김, 《빌 밀러의 기술주 투자 The Man Who Beats the S&P》, 흐름출판, 2010, 43쪽.

33 《피터 틸 Peter Thiel》(토마스 라폴트 지음, 강민경 옮김, 앵글북스, 2019)의 표지 글과 저자 소개 등을 적절히 편집했다.

34 자세한 내용은 《피터 틸》(토마스 라폴트 지음, 강민경 옮김, 앵글북스, 2019)

91~100쪽을 참고하라.

35 피터 디아만디스가 밝힌 숫자다. 50명이라고 보도한 언론도 있다.

36 주로 윤리학적·도덕학적 대화와 토론을 한다.

37 서양의 사립학교들과 대학들은 원래 철학적 교육 과정을 운영해왔다. 하지만 이는 인공지능을 염두에 둔 것이 아니었다.

38 여기에는 법적 책임의 문제, 그러니까 "사고가 발생했을 때 법적 책임을 누가 지는가? 인공지능 개발사인가? 차량 제조사인가? 탑승한 운전자인가?"를 비롯하여 아직 해결되지 못한 여러 문제가 있다. 기술적인 문제와 안정성 문제도 아직 100% 해결되지는 못했다. 여기서는 윤리·도덕적 문제만 다루기로 한다.

39 논문명은 다음과 같다.
"Why Self-Driving Cars Must Be Programmed to Kill", 〈MIT Technology Review〉, 2015. 10. 22.

40 1원칙, 로봇은 인간에게 해를 끼치지 않는다. 2원칙, 로봇은 1원칙에 위배되지 않는 범위에서 인간의 명령에 복종한다. 3원칙, 로봇은 1·2원칙에 위배되지 않는 범위에서 스스로를 보호한다. 참고로 아이작 아시모프는 1985년에 '0원칙, 로봇은 인류에게 해를 끼치지 않는다'를 추가했다.

41 단 온라인 화상 토론 교육이다.

42 사업이라는 특별한 영역에서 발휘된 공감 능력과 창조적 상상력을 말한다.

43 제프 다이어와 할 그레거슨은《이노베이터 DNA The Innovator's DNA》에서 창조적 혁신가들의 공통점으로 다섯 가지, 즉 연결하기, 질문하기, 관찰하기, 네트워킹, 실험하기를 제시했다. 그리고 이 다섯 가지 요소를 한마디로 요약하면 '호기심'인데, 이는 세상과 사람들을 문화인류학적으로 관찰하는 것이라고 밝혔다.

44 정승권, 이승기, 최건영이다. 세 명은 쿠시마마 주니어팀으로 활약하고 있었다. 쿠시마마는 NGO에서 일하던 실무자들이 모여서 만든 아프리카 봉사 활동 팀이다.

45 인권 사각지대에 놓인 대표적인 존재는 누굴까? 난민이다. 그럼 난민 중에서도 가장 열악한 위치에 놓인 존재는 누굴까? 우리나라 헌법이 대한민국 국민으로 규정하고 있는 탈북인이다. 우리에게는 탈북인이지만 세계인의 관점에서는 난민인 그들은 중국에만 무려 20~30만 명 가까이 있다고 추정된다. 안타까운 사실은 중국이 그들을 난민으로 인정하지 않는다는 것이다. 중국은 수시로 탈북인을 색출하고 강제 북송을 취하고 있다. 나는 북한 난민에 대해서 국민적 차원에서 관심을 기울여야 한다고 생각하며, 탈북인을 4천 명 2019년 기준 가까이 구출한 탈북 활동가 '수퍼맨'과 '북한인권 시민연합 http://kor.nkhumanrights.or.kr/'이라는 단체를 후원하는 일에 힘쓰고 있다.

부록

1 연규욱 기자의 "랜들 레이더 전 美 연방항소법원장 '인공지능이 5년 내 판사 대체… 사법 불신 줄어들 것'"(〈매일경제〉, 2017. 11. 7.) 기사 내용 중 랜들 레이더의 발언을 재구성했다.

2 금융경제연구소 안배영 이사가 분석했다.

청소년을 위한 에이트

초판 1쇄 인쇄 2021년 2월 26일
초판 4쇄 발행 2024년 8월 1일

지은이 | 이지성

발행인 | 박재호
편집팀 | 고아라, 홍다휘, 강혜진
마케팅팀 | 김용범, 권유정
총무팀 | 김명숙

디자인 | 김태수
일러스트 | 박종채
종이 | 세종페이퍼
인쇄 · 제본 | 한영문화사

발행처 | 차이정원
출판신고 | 제25100-2016-000043호
주소 | 서울시 마포구 양화로 156(동교동) LG팰리스 814호
전화 | 02-334-7932 **팩스** | 02-334-7933
전자우편 | 3347932@gmail.com

ISBN 979-11-91360-07-3 (03800)